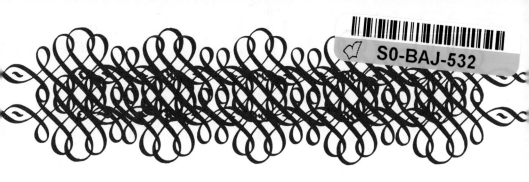

La Gitanilla

La GITANILLA   novela

CERVANTES adaptada

ejemplar de
por María de la Luz

edited by William T. Tardy
artists: Corinne & Robert Borja

National Textbook Company
a division of NTC/Contemporary Publishing Group
Lincolnwood, Illinois USA

Preface

Published by National Textbook Company, a division of NTC Publishing Group.
© 1987, 1977 by NTC Publishing Group, 4255 West Touhy Avenue,
Lincolnwood (Chicago), Illinois 60646-1975 U.S.A.

8 9 ML 9 8 7 6

Stories of adventure and romance have always been popular. *La Gitanilla* is no exception. Intermediate students of Spanish will delight in the tale of Preciosa, the beautiful young gypsy, and don Juan de Cárcamo, a nobleman who, to prove his love for her, lives the life of a gypsy under the name of Andrés Caballero. During their wanderings through Spain, Andrés becomes a well-loved member of the gypsy band even though he refuses to steal as was the custom of the band, and Preciosa finds her true parents and saves Andrés from the gallows.

La Gitanilla is the most popular of Miguel de Cervantes' twelve *novelas ejemplares*. In this adaptation by María de la Luz, the graceful language, elegant style, and narrative skill of the original have been faithfully preserved. The editor has divided the *novela* into short manageable chapters, each followed by comprehension questions. A master Spanish-English vocabulary provides a ready reference for unfamiliar or difficult words. A tape cassette (7264-8) to accompany the text is available.

National Textbook Company also publishes two adaptations of Cervantes' greatest work, *Don Quijote*. *Don Quijote de la Mancha*, in twelve brief, simplified episodes, has been adapted for intermediate students. *Aventuras del ingenioso hidalgo Don Quijote de la Mancha* presents the major episodes in Part One of Cervantes' masterpiece in an adaptation for intermediate through early advanced students.

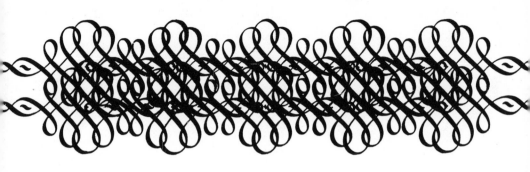

Introduction

Miguel de Cervantes Saavedra, immortal author of *Don Quijote* and greatest prose writer of all time, was born of humble parents in Alcalá de Henares in 1547.

While practically nothing is known of him until he reached manhood, his parents were so poor that in all probability he did not receive a university education. He served a number of years as a soldier in Italy and at the age of twenty-three fought in the great naval battle of Lepanto. In that engagement he distinguished himself by his bravery and was shot in the chest and permanently maimed in his left hand.

In 1575, while sailing to Spain from Palermo, he was captured by Turkish pirates and kept in prison in Algiers until ransomed by his friends five years later.

At the age of thirty-seven Cervantes married Catalina de Salazar, who was only nineteen. Shortly after his marriage he published a pastoral romance, *La Galatea*. During the next three years he wrote twenty or thirty plays which met with some success; of these, only a few have survived.

In 1587 Cervantes worked in the commissary department of the Spanish government, collecting supplies for the Invincible Armada. After the defeat of the Armada by the English he lived for a while in Seville, still in the employ of the government. While in Seville he was twice imprisoned for mismanagement of funds.

Between the years 1600 and 1604 Cervantes wrote the first part of *Don Quijote*. Little is known of his life or whereabouts during that period; he was probably living either in Toledo or at the home of his wife in Esquivias, near Toledo. His wife did not accompany him on his wanderings.

After publishing the first part of *Don Quijote* Cervantes spent two years in Valladolid, moving from that city to Madrid where he lived and wrote until his death on April 23, 1616.

The life of Cervantes was a long battle against poverty. Though as a soldier he fought bravely, he received no promotion from the ranks; consequently his pay was low. As a government employee he was both poorly and infrequently paid. While *Don Quijote* and other literary masterpieces brought fame, he was just as poor after their publication as before. He was forever in debt and frequently found it necessary to borrow money from his friends for the barest necessities of life.

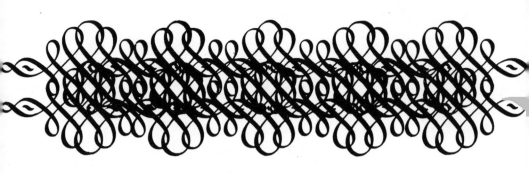

Contents

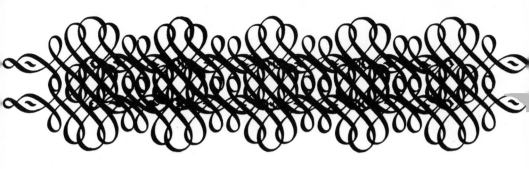

La Gitanilla

I

Preciosa

Un viernes, víspera de Santa Ana,*patrona y abogada de la villa, entró en Madrid un corro de gitanas, bailando seguidillas y cantando romances al son de castañuelas y sonajas, que daba gusto oirlas. Las acompañaba una vieja embaucadora y embustera como es fama que lo son todos los gitanos, y formaba parte del corro de las jóvenes una de edad de quince años—nieta de la vieja según ella decía—y a quién todos por lo linda, lo modosa y discreta daban el nombre de Preciosa.

Iban todas, como de fiesta, limpias y bien arregladas, adornadas de mil faralás y peinecillos, pero el aseo de Preciosa era tal que enamoraba los ojos de cuántos la miraban. Tales eran su hermosura y discreción, que fuera difícil hallar otra como ella, no ya entre las gitanas, sino entre cuántas hermosas y discretas pudiera pregonar la fama.

PREGUNTAS

1. ¿Cuál era el día de la semana? 2. ¿Quién era Santa Ana? 3. ¿Qué entró en Madrid? 4. ¿Qué bailaban las gitanas? 5. ¿Qué cantaban? 6. ¿Cómo era la música? 7. ¿Quién acompañaba a las gitanas? 8. ¿Qué fama tienen todos los gitanos? 9. ¿Qué edad tenía una de las jóvenes? 10. ¿Quién decía que ella era nieta de la vieja? 11. ¿Cómo se llamaba la joven? 12. ¿Por qué? 13. ¿Cómo iban todas? 14. ¿De qué iban adornadas? 15. ¿Cómo era el aseo de Preciosa? 16. ¿Fuera fácil o difícil hallar otra como ella?

2

La danza

Aquel día se formó el corro en la calle de Sevilla. Se
aprestaron a la danza cuatro gitanillas y un gitano,
gran bailarín que las guiaba; repiquetearon éste el
tamboril y ellas las castañuelas y sonajas, y en un
momento las vueltas ligerísimas de Preciosa, su garbo 5
y su donaire llamaron la atención de cuantos pasaban
por aquellos lugares. Los chicos corrían a verla, y los
hombres a contemplarla y para ella fué la joya y el
premio de la mejor danza. Cuando ella sola llegó a
cantar, delante de la imagen de Santa Ana, el romance 10
de los gozos de la santa, todos se deshacían en elogios
y alabanzas de la hermosa gitanilla y de su buena gracia.

Y en tanto el corro de gente que miraba la danza iba
aumentando, aumentando, hasta haber en él más de
doscientas personas, con gran contentamiento de la 15
vieja que pedía limosna mientras bailaban las gitanillas.
La vieja veía llenarse el platillo una y otra vez en una
verdadera lluvia de cuartos y ochavos, que esta era la
moneda menuda de entonces. Y cada vez que Preciosa
acababa un romance no faltaba entre el corro de ad- 20
miradores uno que gritase:

—¡Vuelve a cantar, Preciosilla, que mientras tú
cantes no han de faltar cuartos en el platillo!

Y volvía a empezar la gitanilla enamorando a todos con su linda voz y su gracia sin par, mientras la gitana vieja, que de gozo no cabía en el pellejo, veía aumentar la abundante cosecha de dineros.

PREGUNTAS

1. ¿En qué calle se formó el corro aquel día? 2. ¿Quiénes se aprestaron a la danza? 3. ¿Quién era el gitano? 4. ¿Qué hacía? 5. ¿Quién repiqueteó el tamboril? 6. ¿Quiénes repiquetearon las castañuelas y sonajas? 7. ¿Quién hizo vueltas ligerísimas? 8. ¿Qué llamaron la atención de cuantos pasaban por aquellos lugares? 9. ¿Quiénes corrían a ver a Preciosa? 10. ¿Para quién fué la joya y el premio de la mejor danza? 11. ¿Dónde llegó Preciosa a cantar? 12. ¿Qué romance cantó ella? 13. ¿En qué se deshacían todos? 14. ¿Qué iba aumentando? 15. ¿Cuántas personas había en el corro de gente? 16. ¿Qué pedía la vieja? 17. ¿Cuándo? 18. ¿De qué se llenaba el platillo? 19. ¿Cuál era la moneda menuda de entonces? 20. ¿Qué gritaba uno de los admiradores? 21. ¿Cómo enamoraba a todos la gitanilla? 22. ¿Quién tenía mucho gozo? 23. ¿Por qué? 24. ¿Qué era abundante?

3

El paje

En esto salió del grupo de mirones un paje muy apuesto y galán que, dirigiéndose a Preciosa y dándole un papel doblado, le dijo:

—Toma, Preciosilla, guarda este romance que aquí va, que lo he compuesto expresamente para ti; pues, 5 aunque me ves vestido de paje, tengo la dicha de ser poeta; y si mis versos no te desagradan, he de darte de cuando en cuando mis romances más lindos para que cantándolos llegues a alcanzar fama de ser la mejor romancera del mundo. 10

—De muy buena gana cantaré yo sus romances, señor poeta—, contestó Preciosa graciosamente y ceceando a lo gitano, que esto en ellas no es natural, sino artificio—y con tal que sean honestos, de muy buena gana los aprenderé, que en leyéndolos un par de 15 veces, ya me tiene su merced dispuesta a cantarlos.

—Pero ¿sabes tú leer?—dijo uno del corro.

—¡Y escribir!—replicó la vieja—¡A mi nieta la he criado yo con más esmero, que si fuera hija de un letrado! 20

Iba en esto Preciosa a guardarse en el pecho el romance, cuando se desdobló el papel, y cayó de él un escudo de oro.

—Si con este acompañamiento han de venir sus romances — dijo la gitanilla, — traslade pronto a mi bolsillo todo el Romancero General. Pero no:—añadió. —Quiero devolverle su presente al señor paje, que más
5 milagro sería en un poeta dar un escudo que en mí recibirlo.

Fué a hacerlo como lo decía, pero inútilmente buscó al dadivoso en el corro de mirones: el paje-poeta, como por encanto, había desaparecido.

PREGUNTAS

1. ¿Quién salió del grupo de mirones? 2. ¿Cómo era el paje? 3. ¿A quién se dirgió el paje? 4. ¿Qué dió a Preciosa? 5. ¿Qué había en el papel? 6. ¿Para quién había compuesto el romance? 7. ¿Para qué dió el paje el romance a Preciosa? 8. ¿Aceptó Preciosa el romance? 9. ¿Qué dijo ella al paje? 10. ¿Quiénes tienen la costumbre de cecear? 11. ¿Es natural en ellos? 12. ¿Cuántas veces tenía Preciosa que leer los romances para aprenderlos? 13. ¿Qué le preguntó uno del corro? 14. ¿Qué replicó la vieja? 15. ¿Dónde iba Preciosa a guardarse el romance? 16. ¿Qué cayó del papel? 17. ¿Quiso Preciosa devolverle su presente al poeta o guardárselo? 18. ¿Dónde buscó ella al dadivoso? 19. ¿Dónde estaba el paje?

4

El galán

Camino de Madrid volvían las gitanas, el viernes siguiente, muy de mañanita, cuando en un vallecito que hay, unos quinientos pasos antes de llegar a la villa, les salió al encuentro un galán caballero, por demás, gallardo y bien aderezado. La espada y la daga que, al 5 uso de aquellos tiempos, llevaba al costado, relucían como ascuas de oro; pues, efectivamente, de oro y plata cubiertas de piedras preciosas tenían ambas la valiosa empuñadura. Su traje era de terciopelo carmesí con galones de plata, y su sombrero se adornaba con rico 10 cintillo de diamantes y plumas de diversos colores.

El príncipe de un cuento de hadas parecía, y aún cuando las gitanas no suelen ser inclinadas a creer en fantásticas apariciones, no pudieron por menos de maravillarse al ver un tan bello mancebo, tan ricamente 15 alhajado, a aquella hora, en aquel sitio, a pie y solo.

Pero su admiración creció de punto cuando vieron al galán acercarse a la vieja, y, sombrero en mano, decirle con mucha cortesía:

—Yo, señora mía, si me lo permitiéseis, quisiera 20 deciros aparte, a vos y a vuestra nieta Preciosa, la gitanilla, dos palabras de las que creo no habrá de pesaros.

Les salió al encuentro un galán caballero

—Decid cuanto queráis—contestó la vieja, toda acaramelada al verse tratada con tanto miramiento por caballero tan principal—, decid cuanto queráis, con tal que no nos desviemos ni entretengamos mucho; pues quisiera llegar a la Corte de buena mañana. ₅

PREGUNTAS

1. ¿Adónde volvían las gitanas? 2. ¿Cuándo? 3. ¿Dónde está el vallecito? 4. ¿Quién les salió al encuentro? 5. ¿Cómo era el caballero? 6. ¿Qué llevaba al costado? 7. ¿Cómo relucían la espada y la daga? 8. ¿De qué estaban cubiertas las empuñaduras? 9. ¿De qué era el traje del galán? 10. ¿De qué eran sus galones? 11. ¿Con qué se adornaba su sombrero? 12. ¿Qué parecía el galán? 13. ¿Suelen ser inclinadas las gitanas a creer en fantásticas apariciones? 14. ¿Por qué no pudieron por menos de maravillarse las gitanas? 15. ¿Cuándo creció su admiración de punto? 16. ¿Con quiénes quería hablar el galán? 17. ¿Quería hablar con él la vieja? 18. ¿Por qué? 19. ¿Qué le contestó la vieja al galán? 20. ¿Cuándo quería ella llegar a la Corte?

5

El discurso del enamorado

Llamando a su nieta, la vieja y la gitanilla se apartaron de las otras gitanas unos veinte pasos. El galán caballero, sin dejar un instante de mirar a Preciosa, y azorado un tantico, como es de rigor en todo cumplido
5 enamorado, hizo así su discurso:

—Yo, señoras mías (que así he de llamaros siempre, pues Preciosa por lo bella y honesta, y vos por ser su abuela, para mí lo sois y muy altas), yo, señoras mías, estoy esperándoos aquí desde el alba, y hace siete días
10 que no he dejado uno de venir a esperaros en este mismo sitio. Vi a Preciosa el pasado viernes en Madrid, y de tal modo quedé prendado de su hermosura, que aunque —por ser ella gitana—he intentado olvidarla, no he conseguido sino avivar más el fuego de mi amor. Soy
15 noble caballero. Es mi nombre don Juan de Cárcamo y es mi padre el ilustre Conde de Cárcamo, cuyo palacio, caballerizas, tierras, escudos de nobleza y cuantiosa fortuna, serán un día para mí. Pues bien: todo ello me parece poco para ponerlo con mi amor a los pies de
20 Preciosa, que mi deseo fuera ser rey, o emperador o dueño del mundo para regalarle un mundo, un imperio o un reino. Y como presente para vos, buena mujer, aquí van estos cien escudos de oro, que no ha de negar la hacienda el que dá el alma.

Iba ya a contestar la vieja, entusiasmada por la calidad del pretendiente, y aún más por el brillo del oro, cuando la gitanilla, que había escuchado atentamente el discurso del caballero, la interrumpió, diciendo:

—Perdóneme, abuela, y deje que sea yo quien responda a este tan enamorado señor. 5

PREGUNTAS

1. ¿A quién llamó la vieja? 2. ¿A qué distancia se apartaron la vieja y la gitanilla de las otras gitanas? 3. ¿A quién miró el galán caballero? 4. ¿Por qué estaba azorado el caballero? 5. ¿Por qué llamó el caballero "señora" a Preciosa? 6. ¿Por qué llamó "señora" a la vieja? 7. ¿Cuánto tiempo hacía que el galán estaba esperando a las gitanas? 8. ¿Cuántos días hacía que él no había dejado uno de venir a esperarlas? 9. ¿Cuándo vió a Preciosa primero? 10. ¿Por qué intentó olvidarla? 11. ¿Consiguió olvidarla? 12. ¿Era noble el galán? 13. ¿Cómo se llamaba? 14. ¿Quién era su padre? 15. ¿Para quién sería un día la cuantiosa fortuna del conde? 16. ¿Para qué quisiera el enamorado ser rey o emperador? 17. ¿Qué le dió don Juan a la vieja? 18. ¿Por qué estaba entusiasmada la vieja? 19. ¿Quién iba a contestarle a don Juan? 20. ¿Qué dijo Preciosa a la vieja?

6

El discurso de Preciosa

—Responde lo que quieras, nieta—asintió la vieja—,
que tú sabes más que un colegial de Salamanca.

Y dijo Preciosa:

—Ha de saber el señor caballero que a mí, aunque
5 gitana, pobre y humildemente nacida, no me des-
vanecen promesas, ni me inclinan dádivas ni me espan-
tan finezas de enamorados. Antes bien, soy de por mí
un tantico desconfiada y sé perfectamente estas dos
cosas: que los enamoramientos repentinos suelen irse
10 tan de prisa como vinieron, y que no es lo corriente que
un noble señor, hijo de condes y emparentado con
marqueses, se case con una gitanilla sin más caudal ni
más ejecutoria de nobleza que los ojos que tiene en la
cara—y que algunos afirman son lindos—, los embele-
15 cos que su abuela le enseñó y la buena maña que Dios
le dió para bailar seguidillas, decir buenaventuras y
cantar romances. Y porque así lo sé, aunque agradezco mucho ese mundo, y ese imperio y ese reino que el
señor caballero quiere poner a mis pies, tengo que
20 declararle que mi amor no ha de darse sino al que un
día pueda ofrecerme su nombre y su mano de esposo.

—Esa y no otra es mi intención, Preciosilla—
interrumpió el galán, tan embelesado del bello decir y

discreto hablar de la gitanilla como en principio lo estuviera de su hermosura—, y si quieres saber cómo es verdad cuanto te he dicho, pregunta en Madrid por el palacio de mi padre, que su nombre y el mío son conocidos en toda la Corte. Y si quieres probar la lealtad y 5 la firmeza de mi amor, pon tú misma una prueba, que, por dura que sea, yo me consideraré dichoso con llevarla a término.

PREGUNTAS

1. ¿Qué dijo la vieja a Preciosa? 2. ¿Qué es Salamanca? 3. ¿Cómo era Preciosa, pobre o noble? 4. ¿Era confiada o desconfiada? 5. ¿Cómo suelen irse los enamoramientos repentinos, según Preciosa? 6. ¿Tienen los nobles la costumbre de casarse con gitanas? 7. ¿Qué caudal tenía Preciosa? 8. ¿Cómo eran sus ojos? 9. ¿Qué le enseñó su abuela? 10. ¿Qué buena maña tenía la gitanilla? 11. ¿Qué le agradeció Preciosa al galán? 12. ¿A quién daría ella su amor? 13. ¿Cuál era la intención del galán? 14. ¿De qué estaba tan embelesado el caballero? 15. ¿Dónde estaba el palacio de su padre? 16. ¿Qué quería don Juan que Preciosa le pusiera?

7

La prueba

No pudo menos de sonreir, satisfecha, la hermosa gitanilla.

—Acepto—dijo después de pensarlo un momento—. Pero, primeramente, he de enterarme de si sois el que
5 decís, y después que yo sepa que habéis dicho verdad, tendréis que dejar el palacio de vuestros padres, abandonar lujos y riquezas, brocados, terciopelos y plumas, para vestiros a lo gitano, y venir a nuestros ranchos a seguir nuestra vida errante—que es para mí
10 la mejor del mundo—dejando durante dos años de ser don Juan de Cárcamo, para convertiros en el gigante Andrés Caballero. Si, pasados estos dos años, no estáis cansado y más que cansado del gitanismo y de Preciosa la gitana, mi mano y mi cariño serán el premio de tanto
15 sacrificio y de tanta constancia.

Respondió el caballero:

—Nunca imaginé que pudieras pedirme lo que me pides, Preciosilla; pero, si ese es tu gusto, cuenta que desde ahora es también el mío. Dame no más ocho
20 días de término para arreglar algunos asuntos en la Corte, y despedirme de mis padres, a quienes diré que marcho a pelear a Flandes, y el viernes próximo, a esta misma hora, yo te juro por la cruz de mi espada que

estaré en este mismo sitio, dispuesto a no separarme nunca más de tu lado y a quitarme de encima plumas, sedas, y terciopelos, para convertirme en Andrés Caballero, el gitano más gitano de todo el gitanismo.

Y dando a la vieja una bolsita de rojo brocado, en la que iban los cien escudos de oro (y que la vieja se apresuró a guardarse, a pesar de los ruegos de Preciosa, que no quería los tomara), arrojando a las otras asombradas gitanillas un puñado de monedas de plata y enviando a Preciosa el corazón en una amorosa mirada, montó en un caballo que en un soto cercano le aguardaba, picó espuelas y a todo galope desapareció, camino de Madrid.

PREGUNTAS

1. ¿Por qué sonrió Preciosa? 2. ¿Aceptó o rehusó ella la oferta de don Juan? 3. ¿De qué quería ella enterarse primero? 4. ¿Qué tendría que dejar don Juan? 5. ¿Qué tendría él que abandonar? 6. ¿Cómo tendría que vestirse? 7. ¿Dónde tendría que vivir? 8. ¿Qué vida tendría que seguir? 9. ¿Cuál sería el nuevo nombre del galán? 10. ¿Cuántos años tendría él que ser gitano? 11. ¿Cuál sería el premio de tanto sacrificio? 12. ¿Aceptó don Juan la prueba? 13. ¿Cuántos días pidió para arreglar sus asuntos? 14. ¿Qué diría a sus padres? 15. ¿Cuándo volvería al mismo sitio? 16. ¿Por qué lo juró? 17. ¿A qué estaría dispuesto? 18. ¿Qué le dió don Juan a la vieja? 19. ¿Qué hizo la vieja con el dinero? 20. ¿Quería Preciosa que la vieja tomara el dinero? 21. ¿Qué arrojó don Juan a las otras gitanillas? 22. ¿Cómo envió el corazón a Preciosa? 23. ¿Qué montó don Juan? 24. ¿Adónde fué?

8

Vuelve el paje

En cuanto llegaron las gitanas a la Corte toparon con aquel famoso paje que el viernes anterior había dado a Preciosa un escudo de oro dentro de un romance.

—¿Podríais decirme, señor poeta, dónde habita un
5 caballero, conde o marqués, a quien llaman don Juan de Cárcamo?—le preguntó, de manos a boca, la gitanilla.

Puedo decírtelo—le respondió el paje-poeta—, pero antes has de decirme tú a mí si fué de tu gusto el romance que el otro día tuve la dicha de ofrecerte, y has
10 de tomarme este sonetico que para ti he compuesto.

—Lo tomaré con mucho gusto, que son muy de mi agrado vuestros versos; pero lo tomaré sin acompañamiento, que por poeta os quiero y no por dadivoso.

Dijo la gitanilla, y guardándose el soneto en el
15 pecho, devolvió al paje el escudo de oro que, como en el romance anterior, iba escondido dentro del papel. Enteróse después de las señas del palacio que tanto le interesaba saber y que por ser de tan nobles señores era conocido de todos, y se despidió del poeta, prometién-
20 dole que su lindo romance sería el primerito que ella cantase. Con lo cual quedó el paje contentísimo, creyendo tener ya a Preciosa rendida, pues se había mostrado tan amable con él.

No quiso Preciosa detenerse a bailar en ninguna
parte, hasta llegar, con las señas que el paje le diera, a
delante del palacio de Andrés (que así llamaremos al
galán desde ahora), el cual reconoció por su magnificencia y por sus balcones de hierro dorado, que como ₅
un ascua brillaban al sol.

PREGUNTAS

1. ¿Con quién toparon las gitanas? 2. ¿Cuándo? 3. ¿Qué
le había dado el paje a Preciosa? 4. ¿Qué le preguntó
Preciosa? 5. ¿Cómo se lo preguntó? 6. ¿Podía decírselo
el poeta a Preciosa? 7. ¿Qué quería saber él primero?
8. ¿Qué le ofreció el poeta a Preciosa? 9. ¿Lo aceptó ella?
10. ¿Por qué? 11. ¿Dónde puso el soneto? 12. ¿Qué hizo
ella con el escudo de oro? 13. ¿De qué señas se enteró
ella después? 14. ¿Por qué era conocido de todos el palacio?
15. ¿Qué le prometió Preciosa al poeta? 16. ¿Cómo quedó
el poeta? 17. ¿Qué creía él? 18. ¿Por qué lo creía?
19. ¿Adónde quiso llegar pronto Preciosa? 20. ¿Cómo
reconoció el palacio? 21. ¿Cómo brillaban los balcones del
palacio?

9

En casa del galán

Allí sí que Preciosa se paró y repiqueteó las castañuelas de lo lindo, y haciéndose acompañar del tamboril y las sonajas, cantó con su voz de perlas el más saleroso de todos sus romances. Claro está que en
5 seguida y tal como ella lo esperaba, se abrieron los balcones del palacio, y al principal de ellos se asomó un caballero anciano con la cruz de Calatrava en el pecho, que Preciosa reconoció ser—por las señas que el paje le diera—el Conde, padre de su enamorado galán.
10 —¡Subid, niñas, que aquí os darán limosna!—les gritó el anciano. Y a esta voz se asomaron al balcón otros tres caballeros, uno de los cuales era Andrés, quien, al ver a Preciosa, tuvo tan gran sobresalto, que perdió el color y estuvo a punto de perder el sentido.
15 Y con gran contentamiento de la gitanilla subieron todos al palacio, menos la vieja, que se quedó abajo enterándose por los criados de si era verdad cuanto les había dicho el caballero.

Al entrar las gitanillas en el salón, decía el caballero
20 anciano a los demás:

—Esta debe ser la hermosa gitanilla que dicen anda cantando y bailando por Madrid.

—Ella es—replicó Andrés—, y sin duda es la criatura más hermosa que se ha visto en la Corte.

—Eso dicen algunos—replicó Preciosa, que entraba en aquel momento—, pero sin duda se engañan, que, aunque fea del todo no me creo, tampoco me tengo por tan hermosa como dicen sus mercedes.

—Por vida de mi hijo don Juanico—dijo el anciano—, que aún eres más bella de lo que dicen, linda gitana.

—¿Y quién es su hijo don Juanico?—preguntó Preciosa.

—Ese galán que está a tu lado—repuso el anciano caballero.

—En verdad pensé—dijo Preciosa, con mucha gracia—que se trataba de un niño de dos años. Miren el don Juanico, que bien pudiera estar ya casado y que no tardará tres años en estarlo, si no cambia de gusto, y si no mienten ciertas rayas que le observo en la frente.

PREGUNTAS

1. ¿Dónde se paró Preciosa? 2. ¿Qué repiqueteó? 3. ¿De qué se hizo acompañar? 4. ¿Qué cantó? 5. ¿Cómo era su voz? 6. ¿Qué se abrieron? 7. ¿Quién se asomó al balcón principal? 8. ¿Qué tenía él en el pecho? 9. ¿Quién era el Conde? 10. ¿Qué les gritó el anciano a las gitanas? 11. ¿Quiénes se asomaron al balcón entonces? 12. ¿Qué perdió Andrés cuando vió a Preciosa? 13. ¿Adónde subieron las gitanillas? 14. ¿Por qué se quedó abajo la vieja? 15. ¿Qué dijo el Conde cuando las gitanillas entraron en el salón? 16. ¿Qué replicó Andrés? 17. ¿Qué replicó Preciosa? 18. ¿Qué dijo el Conde a su hijo? 19. ¿Qué le preguntó Preciosa al Conde? 20. ¿Que pensaba Preciosa?

La buenaventura del galán

En tanto las otras gitanillas cuchicheaban entre sí de este modo, en un riconcito del salón:

—Muchachas, este es el galán, el príncipe de cuento de hadas que nos echó aquella lluvia de plata esta
5 mañana.

—Sí que lo es, pero no le nombremos ni le descubramos, si él no se descubre, ¿quién sabe los motivos que puede tener para ocultarse?

Y Preciosa, a ruego de todos los presentes, decía
10 así la buenaventura a su galán:

—Lo que veo con los ojos, con el dedo lo adivino; yo sé del señor don Juanico que es algo enamoradizo y prometedor de cosas que parecen imposibles, y Dios quiera no sea mentiroso, que eso sería lo peor de todo.
15 Y sé que en este momento está pensando en hacer un viaje; pero tenga cuidado no vaya a equivocarse de camino. Sosiéguese, sosiegue un poco esa cabeza, alborotadito, y . . . *antes que se case, mire bien lo que hace,* y por Dios y por su dama, dé señor, una limosnita
20 a las gitanas y no haga caso mayor de sus buenaventuras, que el que habla mucho y a bulto, muy a menudo se equivoca.

Respondió el galán:

—Es verdad, gitanilla, que tu buenaventura me acierta muchas cosas. No soy enamoradizo, pero sí enamorado, y a hacer un viaje me preparo: pues dentro de ocho días debo partir a la guerra de ₅ Flandes. Mas no soy mentiroso, que no puede serlo el que por noble caballero se tiene, y "palabra que doy por la mañana, mantengo por la tarde," y "lo que prometo en el campo lo cumplo en la ciudad." En cuanto a la limosna, mi padre habrá de dártela ₁₀ por Dios y por mí, que esta mañana dí cuanto tenía a unas damas tan lisonjeras como hermosas.

Claro está que todo esto lo decían uno y otro refiriéndose a lo que entre ellos había pasado aquella mañana, pero ninguno de los presentes lo entendía ₁₅ sino ellos dos y las gitanillas que en el riconcito seguían cuchicheando de este modo:

—¡Ay, niñas! que me maten si eso no lo dice el galán por la lluvia de plata que nos echó esta mañanita.

—¡No, tonta! ¿No ves que habla de unas damas y ₂₀ nosotras no lo somos?

—No lo somos, pero él lo dice por galantería.

PREGUNTAS

1. ¿Quiénes cuchicheaban entre sí? 2. ¿Dónde? 3. ¿Quién era el galán? 4. ¿Qué había dado el galán a las gitanas aquella mañana? 5. ¿Quiénes le rogaron a Preciosa que dijera la buenaventura a su galán? 6. Según ella, ¿era enamoradizo el galán? 7. ¿De qué era prometedor? 8. ¿Era mentiroso? 9. ¿En qué estaba pensando don Juanico?

10. ¿Para quién pidió Preciosa limosna? 11. Cuando el galán le respondió a Preciosa, ¿dijo que era enamoradizo o enamorado? 12. ¿Adónde debía partir? 13. ¿Cuándo? 14. ¿Por qué no les dió el galán limosna a las gitanas? 15. ¿Quién habría de dársela a ellas? 16. ¿Quiénes seguían cuchicheando en el riconcito? 17. ¿Eran damas las gitanas? 18. ¿Por qué las llamó damas el galán?

II

El galán se pone celoso

Después de esto, aprestáronse las gitanas al baile, repiqueteó Preciosa las castañuelas, y se lanzó a trenzar y destrenzar con sus pies de hada aquella seguidilla gitana de que ya se hablaba en corros por todo Madrid. Mas sucedió que, en la ligereza de las 5 vueltas y revueltas, se le cayó del pecho aquel papel que momentos antes le diera el paje enamorado.

Lanzóse Andrés a coger el papel, a pesar de los ruegos de Preciosa, y leyó los primeros versos, que decían así:

Cuando Preciosa el panderete toca, 10
Y hiere el dulce son los aires vanos,
Perlas son que derrama con las manos,
Flores son que despide con la boca . . .

—¡Por Dios—dijeron todos—, que tiene donaire el poeta que lo escribió! 15

Pero Andrés no leyó más. Que era celosito el galán, y al leer tan amorosas palabras, mil imaginaciones le sobresaltaron, y al pensar que Preciosa pudiera tener otro amor, perdió el color, y tuvo que apoyarse para no caer. Todos acudieron, alarmados, a sostenerle; 20 pero Preciosa los contuvo diciendo:

—Espérense, señores, déjenme a mí decirle dos palabritas mágicas al oído, y verán cómo no se desmaya.

—Y acercándose a él, le dijo casi sin mover los labios:

—¡Gentil ánimo para gitano! ¿Cómo podrá soportar
5 la rudeza de nuestra vida errante el que a la vista de un papel se desmaya? ¿Y qué confianza le merece la gitanilla al que de una alabanza en verso siente celos?

Después le hizo media docena de cruces sobre el corazón, y se apartó de él, y Andrés respiró, recobró el
10 color, y aseguró que ya estaba bien del todo.

Dió el anciano Conde a las gitanillas, no un doblón, sino tres, que ellas se repartieron.

El galán quedó maravillado del ingenio y agudeza de la gitanilla, y el Conde, su padre, encantado de su
15 gracia y hermosura. Y como era tarde y ya la vieja llamaba desde abajo a las muchachas, despidiéronse éstas de los señores, y salieron muy satisfechas del palacio.

Ya no bailaron más por Madrid aquel día, que la
20 ganancia había sido grande y de ella estaban las gitanas contentas, y gozosa la vieja. Y Preciosilla no cabía en sí de dicha, camino de su rancho. Que si días atrás la acompañaba la fama y el halago de verse celebrada, ahora su felicidad era más honda: llevaba
25 consigo el pensamiento y el amor del apuesto doncel, del noble caballero que iba pronto a dejar su palacio y sus riquezas, para convertirse, por su amor, en gitano.

PREGUNTAS

1. ¿Quiénes se aprestaron al baile? 2. ¿Qué hizo Preciosa con las castañuelas? 3. ¿Qué seguidilla danzó ella? 4. ¿Qué se le cayó del pecho? 5. ¿Quién cogió el papel? 6. ¿Quién le había dado el papel a Preciosa? 7. ¿Qué leyó Andrés? 8. ¿Qué dijeron todos? 9. ¿Por qué no leyó más Andrés? 10. ¿Por qué perdió el color? 11. ¿Qué hizo para no caer? 12. ¿Quiénes acudieron a sostenerle? 13. ¿Qué les dijo Preciosa a los señores? 14. ¿Qué le dijo a su galán? 15. ¿Sobre qué le hizo las cruces? 16. Entonces, ¿qué hizo Andrés? 17. ¿Qué aseguró él? 18. ¿Qué dió el Conde a las gitanillas? 19. ¿Quién llamó desde abajo a las gitanillas? 20. ¿Por qué no bailaron más por Madrid aquel día? 21. ¿Quiénes estaban contentas? 22. ¿Por qué? 23. ¿Qué llevaba consigo Preciosa? 24. ¿Qué iba pronto a hacer el noble caballero?

En el rancho de los gitanos

Pasaron otros ocho días, y en el punto y hora pro-
metidos reapareció el galán ante Preciosa y su abuela
que estaban esperándole. Iba vestido con más sencillez
que el primer día, sin acompañamiento de ningún
5 criado y montado en mula de alquiler; pero no le
faltaba el cintillo de diamantes en el sombrero, ni al
costado la espada y la daga con empuñadura de oro
y plata, adornada de piedras preciosas.

Mucho se alegró al verle el corazón de la gitanilla;
10 pues, aunque gustaba de mostrarse esquiva, no podía
por menos de sentirse inclinada a amar a tan gentil
caballero y a agradecer con el alma sus finezas. Y aun
alguna que otra vez en aquellos ocho días le había
parecido todo un sueño y había pensado que era
15 aquélla demasiada dicha para una pobre gitanilla.

Mas era lo cierto que ahora tenía ante sí a su galán
enamorado y rendido, y rogándoles a ella y a la vieja
que le condujesen cuanto antes a su campamento,
no fuera caso que le hubiesen seguido y pudiera el
20 Conde, su padre, enterarse de la aventura.

Así lo hicieron ellas. Condujéronle a su barraca,
y allí le dieron ropa con que pudiera vestirse a lo
gitano. Después le llevaron a donde ya le esperaba

reunida toda la gitanería, y le presentaron, con el
nombre de Andrés Caballero, a los que habían de ser
sus compañeros.

¡Fueron de ver los agasajos que le hicieron todos!
No sabían dónde ponerle, y más cuando vieron que 5
repartía entre ellos el rico cintillo de diamantes, y la
daga, y el magnífico traje, que de cuanto llevaba
puesto al entrar en el rancho, sólo guardó la espada
para volverla a ceñir el día que quisiera recobrar su
condición de caballero. Todo aquel día fué de fiesta 10
en el rancho. Celebróse con ella la entrada del nuevo
compañero y no faltaron las extrañas ceremonias
acostumbradas por los gitanos en tal caso.

PREGUNTAS

1. ¿Cuándo reapareció el galán? 2. ¿Dónde? 3. ¿Quiénes
estaban esperándole? 4. ¿Cómo iba vestido Andrés?
5. ¿Cuántos criados tenía consigo? 6. ¿Sobre qué estaba
montado? 7. ¿Qué llevaba en el sombrero? 8. ¿Cómo
eran sus armas? 9. ¿Quién se alegró al verle? 10. ¿Qué
le había parecido todo un sueño a Preciosa? 11. ¿Qué
había pensado ella? 12. ¿Qué les rogó el galán a Preciosa y a la vieja? 13. ¿Por qué? 14. ¿A quiénes le presentaron? 15. ¿Dónde? 16. ¿Qué le hicieron todos? 17. ¿Qué
repartía Andrés entre los gitanos? 18. ¿Qué guardó?
19. ¿Hasta cuándo? 20. ¿Por qué fué de fiesta todo aquel
día? 21. ¿Qué no faltaron?

Las ceremonias

Limpiaron muy bien la mejor barraca del campamento, la adornaron con ramas y flores y banderolas de papel, y en el centro de ella sentaron a Andrés sobre medio alcornoque. Le pusieron en las manos un mar-
5 tillo y unas tenazas, y al son de dos guitarras que dos gitanos tañían, le hicieron dar dos cabriolas. Luego le desnudaron un brazo y con una cinta nueva de seda y un martillo, le dieron dos vueltas blandamente.

A todo esto se hallaban presentes Preciosa y otras
10 muchas gitanas jóvenes y viejas, y todas miraban a Andrés con maravilla y con amor; pues era tal su gallardía, que hasta los gitanos se sintieron prontos a quererle como a un hermano.

Terminadas estas ceremonias, y antes de empezar
15 el baile, un gitano viejo—que era el jefe de todos— tomó a Preciosa por la mano, y poniéndola delante de Andrés, dijo así:

—Esta muchacha, que es la flor y nata de todas las gitanas de España, nosotros te la entregamos hoy por
20 amiga y prometida, para que el día que tú quieras y ella no se oponga—que la libertad es lo primero—la tomes, como Dios manda, por esposa. Mírala bien, y si encuentras en ella algo que no te agrade, escoge

entre las otras gitanillas la que sea más de tu gusto, que la que tú escogieres te daremos. Pero fíjate bien, que una vez escogida, no puedes dejarla por otra; pues entre nosotros es sagrada la ley de la amistad, y aunque para los demás seamos embusteros y tramposos, dentro 5 del rancho sabemos cumplir nuestra palabra. Por otra parte, has de saber que, aunque seas hijo de conde o de marqués, y dejes en tu casa comodidades y riquezas, no habrás gustado ni gustarás jamás vida mejor que esta que hoy empieza para ti. Pues nosotros 10 somos reyes de los campos, de los sembrados, de las selvas, de los montes, de las fuentes y de los ríos. Los montes nos dan leña y caza de balde, los árboles fruta, las fuentes agua y los ríos peces. Para nosotros son los duros terrenos como blandos colchones de plumas. 15 Y nada nos importan las inclemencias del cielo, ni las nieves, ni la lluvia, ni los truenos ni los relámpagos; y estas barracas que colocamos a nuestro antojo allí donde estamos a gusto, valen más, para nosotros, que los dorados techos y los suntuosos palacios. A esto y 20 a otras cosas irás acostumbrándote en nuestra compañía, y yo te aseguro que día llegará en que no querrás cambiarla por ninguna otra.

PREGUNTAS

1. ¿Qué limpiaron los gitanos? 2. ¿Con qué adornaron la barraca? 3. ¿Dónde sentaron a Andrés? 4. ¿Qué le pusieron en las manos? 5. ¿Qué tañían dos gitanos? 6. ¿Qué le hicieron dar? 7. ¿Qué le dieron? 8. ¿Quiénes se hallaban presentes a todo esto? 9. ¿Cómo miraban ellas a

Andrés?   10. ¿Cómo se sintieron los gitanos?   11. ¿Quién tomó a Preciosa por la mano?   12. ¿Dónde la puso?   13. ¿A quién entregaron los gitanos a Andrés por amiga y prometida?   14. ¿Qué ley es sagrada entre los gitanos?   15. ¿Saben los gitanos cumplir su palabra?   16. Según el anciano gitano, ¿cuál es la mejor vida?   17. ¿De qué son reyes los gitanos? 18. ¿Qué les dan los montes?   19. ¿Los árboles, las fuentes y los ríos?   20. ¿Qué son los duros terrenos para los gitanos? 21. ¿Qué no les importan?   22. ¿Dónde colocan sus barracas?   23. ¿Cuánto les valen las barracas?   24. ¿Qué día llegará para Andrés?

14

Las promesas de Andrés

Asintió Andrés a todo cuanto dijo el elocuente gitano,
declarando que, en efecto, era la vida errante y libre
la mejor del mundo, y la dicha para él más preciada,
la de vivir al lado de Preciosa, y hacer méritos para
conseguir su amor.   5

Prometió también acomodarse en todo a las leyes
de la gitanería, y tan sólo rogó al viejo una cosa que a
todos contrarió un tantico, y fué que no le obligaran
a robar. Preciosa (que, aunque criada entre ellos,
sentía instintiva repugnancia hacia algunas costumbres 10
de los gitanos) se alegró en extremo de aquella decisión
de su galán, y éste, rumboso como siempre, puso fin al
enojo de los otros, diciendo:

—Y para compensar, señores, lo que yo pudiera
robar en dos meses corridos, quiero repartir entre todo 15
el rancho estos doscientos escudos de oro.

¡Allí sí que estalló el contento y la alegría! Que
quieras que no, los gitanos más jóvenes arremetieron
con Andrés, y levantándole en hombros gritaban:

—¡Viva, viva Andrés, el nuevo gitano caballero!   20

Y las gitanillas, haciendo lo mismo con Preciosa,
respondían:

—¡Y viva, viva Preciosa, amada prenda suya!

Y después, dando principio al baile, se repartieron
los dineritos y muchas confituras y golosinas a que los
gitanos son muy aficionados, y entre seguidillas y
romances y alabanzas a Preciosa y a Andrés, duró la
5 fiesta hasta bien entrada la noche.

PREGUNTAS

1. ¿A qué asintió Andrés? 2. ¿Cómo era la vida errante
y libre para él? 3. ¿Qué era para él la dicha más preciada?
4. ¿Cómo iba él a conseguir el amor de Preciosa? 5. ¿A qué
prometió acomodarse? 6. ¿Qué rogó al viejo? 7. ¿Qué
contrarió a todos? 8. ¿Dónde había sido criada Preciosa?
9. ¿A qué sentía repugnancia ella? 10. ¿De qué se alegró
ella? 11. ¿Qué dijo Andrés para poner fin al enojo de los
gitanos? 12. ¿Por qué se estalló la alegría? 13. ¿Qué
hicieron con Andrés los gitanos más jóvenes? 14. ¿Qué
gritaron? 15. ¿Qué hicieron las gitanillas con Preciosa?
16. ¿Qué respondieron ellas? 17. ¿A qué dieron principio
los gitanos? 18. ¿Qué se repartieron? 19. Hasta cuándo
duró la fiesta?

Andrés rehusa robar

Desde aquel día no hubo entre toda la gitanería gitano más cabal y cumplido que Andrés.

En todo seguía la ley de los gitanos y en todo se acomodaba a sus usos y costumbres; lo único que de él no podían conseguir es que fuera con ellos a robar. 5 Quisieron ellos a todo trance darle algunas lecciones, y él no se opuso abiertamente, por miedo a que le despidieran del rancho; pero cuando llegaban a un camino y despojaban al que por él pasaba, y el despojado se deshacía en súplicas y llantos, Andrés, como 10 noble caballero que era, se compadecía, aflojaba el bolsillo, y pagaba en dinero al caminante más de lo que valía la prenda robada.

No se conformaban con esto sus compañeros, pues decían que para ser gitano era necesario ser ladrón, 15 viendo lo cual Andrés declaró un día que para robar no era preciso ir acompañado, y que él quería ir solo a sus merodeos.

Procuraron los gitanos disuadirle, diciendo que una persona sola no podía hacer grandes presas, y también 20 Preciosa quiso apartarle de su intento; pues temía pudiera así correr algún peligro; mas pronto se tranquilizaron una y otros al ver que siempre volvía de sus

correrías con abundante dinero y prendas de valor. Claro está que el dinero era el suyo, y las prendas las compraba; pero decía que las había robado, y así llevaba provecho el rancho y no cargaba su conciencia.
5 Y como así aumentaba él solo los caudales de la compañía más que los cuatro ladrones más afamados de ella, y como además era mozo de mucho brío y allí donde llegaban él se llevaba el precio y las apuestas de corredor y de saltar más que ninguno, y jugaba a
10 los bolos y a la pelota extremadamente, y tiraba a la barra con mucha fuerza y singular destreza, en poco tiempo voló la fama de sus habilidades por todo el contorno, y no hubo lugar donde no se celebrasen las hazañas—siempre limpias y honradas—del gitano
15 Andrés Caballero.

Y como al mismo tiempo crecía la fama de la gitanilla Preciosa y de su gracia para cantar romances y bailar seguidillas, no había lugar, villa ni aldea, donde no les llamasen para que fueran ornato en las fiestas y rego-
20 cijos. Así iban el aduar rico, próspero y contento, y los enamorados gozosos con sólo mirarse.

PREGUNTAS

1. ¿Quién era el gitano más cabal y cumplido de toda la gitanería? 2. ¿Cómo seguía Andrés la ley de los gitanos? 3. ¿Qué rehusó hacer? 4. ¿Qué quisieron darle a Andrés los gitanos? 5. ¿Se opuso abiertamente? 6. ¿Por qué no? 7. ¿Cuándo aflojaba el bolsillo? 8. ¿Cuánto dinero pagaba al caminante? 9. ¿Por qué? 10. ¿Se conformaban con esto sus compañeros? 11 ¿Qué decían? 12. ¿Qué declaró

Andrés un día? 13. ¿Qué procuraron hacer los gitanos? 14. ¿Qué quiso hacer Preciosa? 15. ¿Qué temía ella? 16. ¿Con qué volvía Andrés de sus correrías? 17. ¿De quién era el dinero? 18. ¿Qué decía Andrés? 19. ¿Qué jugaba extremadamente? 20. ¿Por dónde voló su fama? 21. ¿Cómo eran sus hazañas? 22. ¿Con qué eran gozosos los enamorados?

16

Un encuentro

Por villas y aldeas, por valles y montañas, hoy en lugares de fiesta, mañana en abruptos parajes, seguía la caravana su camino, libre de cuidados. Si un sitio les placía, armaban en él su campamento; cuando se cansaban o tenían algo que temer, levantaban el vuelo, y ¡adelante!

Y cada día la gitanilla correspondía con más agrado a las finezas de Andrés, y éste, cada vez más enamorado de su Preciosa, se mostraba también más confiado y alegre a medida que se alejaban de Madrid; pues disminuía en él el temor de que el Conde, su padre, pudiera descubrir su engaño y su aventura.

Una noche, en los montes de Toledo, teniendo el aduar bastante apartado del camino real, oyeron unos grandes gritos y lamentos y un furioso ladrar de los perros que guardaban el campamento. Salieron algunos gitanos, entre ellos Andrés, a ver lo que ocurría, y llegándose al lugar de donde partían los lamentos, vieron a la luz de la luna a un hombre mozo, de gentil rostro y talle, vestido todo él de blanco como en traza de molinero, y a quien dos perros tenían fuertemente asido de una pierna. Corrieron a él, ahuyentaron a los perros y le auxiliaron, mientras uno de los gitanos le decía:

—¿Quién os trajo por aquí, buen hombre, a tales horas y tan fuera de camino? En verdad que venís a mal puerto si venís a robar . . .

—Que vengo descaminado bien lo veo—replicó el mozo—, pero no vengo a robar, ni Dios lo permita. Mas, ¿no podríais indicarme un lugar donde recogerme esta noche y curarme las heridas que me han hecho vuestros perros? Porque no puedo resistir el dolor de esta pierna.

No hay por aquí venta ni lugar—respondió Andrés—, 10 pues estamos muy lejos de poblado. Mas para curar vuestras heridas y alojaros esta noche no os faltará comodidad en nuestro rancho. Venid a él con nosotros, que, aunque somos gitanos, no dejamos de conocer lo que es caridad. 15

Y entre Andrés y otro gitano caritativo le llevaron al rancho, pues los perros le habían puesto en tal estado que no podía andar.

PREGUNTAS

1. ¿Por dónde seguía la caravana su camino? 2. Si un sitio les placía, ¿qué hacían? 3. ¿Qué hacían cuando se cansaban? 4. ¿Qué hacía cada día la gitanilla? 5. ¿Cómo se mostraba Andrés? 6. ¿Qué disminuía en él a medida que se alejaban de Madrid? 7. ¿Dónde tenían el aduar una noche? 8. ¿Qué oyeron? 9. ¿Para qué salieron del campamento algunos gitanos? 10. ¿Qué vieron? 11. ¿Cómo estaba vestido el mozo? 12. ¿Qué le tenían fuertemente asido? 13. ¿Qué le dijo uno de los gitanos? 14. ¿Vino el mozo a robar? 15. ¿Qué quería hacer el mozo? 16. ¿Qué no podía resistir? 17. ¿Qué le ofreció Andrés?

17

El paje otra vez

Le entraron en la barraca o toldo de Andrés, le acostaron sobre un lecho de paja—que no se gasta más lujo entre la andante gitanería—y acudieron a cuidarle todas las gitanillas, especialmente la abuela

5 de Preciosa, que tenía fama de ser la mejor curandera entre todas las gitanas de España. Claro que era su ciencia un tanto primitiva, y los menjurjes que aplicó al herido—romero verde mascado y pelos de los perros, fritos en aceite—tan extravagantes como suelen ser

10 los de todos los curanderos; pero como al mismo tiempo le lavó las heridas muy bien y se las vendó con paños muy limpios que preparó Preciosa con sus manos, pronto sintió gran alivio el mordido.

Y mientras le curaban no apartaba los ojos de Preciosa,

15 ni Preciosa los suyos de él, lo cual daba al celoso Andrés bastante que pensar.

Después de curado, ya tranquilo el mozo, le dejaron descansar sin preguntarle nada de su nombre ni de su camino. Al salir de la tienda detuvo la gitanilla a

20 su galán.

—¿Recuerdas—le dijo—aquel papel que se me cayó en tu casa cuando bailaba con mis compañeras, y que te dió un mal rato, según creo?

—Sí; lo recuerdo—repuso Andrés—; y recuerdo también que era un lindo soneto en tu alabanza.

—Pues has de saber, Andrés, que el que hizo aquel soneto es ese mozo mordido que acabamos de dejar en la choza. Estoy bien segura de ello, pues le hablé dos veces en Madrid; sólo que ahora parece molinero y en la Corte llevaba ropilla de terciopelo y sombrero con plumas, como paje favorecido de algún príncipe. Y por más que pienso, no acabo de comprender la causa de ese traje y de este encuentro . . .

—¿Qué causa puede ser, Preciosilla, sino tu hermosura y mi desgracia? Por tu amor se habrá convertido de paje en molinero, como yo me convertí de caballero en gitano, ¡y tu amor buscará, como lo buscan cuantos ven tus bellos ojos!

—Ay, celosito; celosito y caviloso, no caviles tanto, que mi amor es para uno solo, a la vez gitano y caballero. Y no nos preocupemos más de las intenciones del señor paje, poeta y molinero, que él nos las dirá algún día sin que se las preguntemos . . .

Y aquí acabó la plática de los enamorados, pero no los celos y cavilaciones de Andrés.

No tardó Clemente—que así se llamaba el paje, nuestro antiguo conocido—en curar de todas sus heridas. Pero quedó tan agradecido a los cuidados de las gitanillas y se hallaba tan a gusto entre los gitanos, que decidió quedarse algún tiempo con ellos, haciendo su misma vida y siguiendo su misma ley, aunque—como Andrés y Preciosa—absteniéndose de robar y demás fechorías. En cambio, como llevaba bien pro-

vista la bolsa, y era rumboso y galán, no cesaba de
obsequiar a los gitanos y regalar a las gitanillas, y como
era poeta y muy pulido, componía lindos versos que
Preciosa cantaba y Andrés acompañaba cumplidamente
5 con la guitarra.

PREGUNTAS

1. ¿En dónde le entraron al mozo? 2. ¿Sobre qué le
acostaron? 3. ¿Quiénes acudieron a cuidarle? 4. ¿Qué
fama tenía la abuela? 5. ¿Cómo era su ciencia? 6. ¿Qué
menjurjes le aplicó al herido? 7. ¿Qué lavó ella? 8. ¿Quién
preparó los paños? 9. ¿Qué sintió pronto el mordido?
10. ¿Qué le daba a Andrés bastante que pensar? 11. ¿A
quién detuvo la gitanilla? 12. ¿Qué le dijo? 13. ¿Qué repuso
Andrés? 14. ¿Qué ropa llevaba el mozo ahora? 15. ¿Qué
ropa llevaba en Madrid? 16. Según Andrés, ¿cuál fué
la causa del encuentro? 17. ¿Qué respondió Preciosa?
18. ¿Cómo se llamaba el paje? 19. ¿Qué decidió hacer?
20. ¿Quería robar? 21. ¿Cómo llevaba la bolsa? 22. ¿Qué
componía?

18

La historia de Clemente

Con estas zambras y fiestas llegaron a ser muy amigos los tres; tan amigos, que un día Clemente, por disipar del todo los reçelos de Andrés, decidió contarles su historia. Y dijo así:

—Habéis de saber, que lo que os hizo encontrarme 5 de noche, en este traje, a pie y mordido de perros, no fué amor, sino desgracia mía.

Aquí dió Andrés un suspiro de satisfacción. Y Clemente continuó:

—Yo servía en Madrid en casa de un noble señor, 10 y era allí tan querido y favorecido de todos, que más parecía hijo que criado. El único heredero de este gran señor era en la edad igual a mí y me trataba con tanta amistad y cariño, que no tenía pensamiento que no me confiara ni iba a parte alguna que no fuęse con- 15 migo. Pues sucedió que este caballero se enamoró tan perdidamente de una hermosa doncella, que nos pasábamos día y noche rondando sus ventanas, aunque rara vez lográbamos verla, pues su padre se oponía a estos amores. Una noche—por desgracia 20 mía—pasando los dos por la puerta de la dama, vimos arrimados a ella dos caballeros embozados en sus capas, que mi amo intentó reconocer. Mas, apenas se había aproximado a ellos, cuando los dos desconocidos echaron

mano con mucha ligereza a las espadas y se vinieron a nosotros, que, al vernos atacados, hicimos lo mismo, y con iguales armas nos acometimos. Poco duró la pendencia, porque fué tanto nuestro brío para defen-
5 dernos, que a los pocos momentos quedaron allí mal heridos nuestros adversarios. A la mañana siguiente se supo que los dos desconocidos eran dos caballeros muy poderosos, protegidos del rey, y como sus heridas eran graves, y ellos pudieron acusar a mi amo, y la
10 justicia nos buscó a él y a mí por toda la ciudad, mi amo se ocultó en un monasterio y en hábito de fraile, pasó a Portugal; yo tomé para escapar el disfraz en que me visteis. Ya veis si fué desgracia y no amor lo que aquí me trajo.
15 —¿Y a dónde irás ahora?—preguntó Andrés.

—Ahora quisiera ir a Sevilla, donde tengo un pariente muy rico que suele enviar a Génova mucha plata y entre los que la llevan podría yo también embarcar. Con que si la gitanería quiere levantar el rancho para
20 ir a Sevilla, yo se lo pagaré muy bien por la seguridad que entre vosotros llevo, y por el gusto que tengo de ir en vuestra compañía.

Todos dijeron que sí, que irían a donde él quisiera con tal que tan rumboso mozo no abandonara tan
25 pronto el aduar; pero la vieja abuela de Preciosa, que también había oído el relato de paje, dijo, haciendo grandes aspavientos:

—¡Ay, a Sevilla no! ¡A Sevilla no, que dejé allí malos recuerdos, y no puedo ni oirla nombrar sin
30 recordar el cuento de un cierto gorrero! . . .

PREGUNTAS

1. ¿Quiénes llegaron a ser muy amigos? 2. ¿Qué decidió hacer Clemente? 3. ¿Por qué? 4. ¿Qué le trajo al rancho de los gitanos? 5. ¿Por qué dió Andrés un suspiro de satisfacción? 6. ¿Dónde servía Clemente? 7. ¿Qué parecía él? 8. ¿Cómo se trataba? 9. ¿De quién se enamoró su amo? 10. ¿Qué hacían el paje y su amo? 11. ¿Quién se oponía a los amores? 12. ¿A quiénes vieron los dos una noche? 13. ¿Qué intentó hacer el amo del paje? 14. ¿Qué hicieron los dos desconocidos? 15. ¿Qué hicieron el paje y su amo? 16. ¿Quiénes quedaron mal heridos? 17. ¿Qué se supo a la mañana siguiente? 18. ¿A quiénes buscó la justicia? 19. ¿Qué hizo el amo? 20. ¿El paje? 21. ¿A dónde quería ir el paje? 22. ¿Qué tenía el paje en Sevilla? 23. ¿Por qué ofreció pagar a la gitanería? 24. ¿Qué dijeron todos excepto la abuela? 25. ¿Qué dijo ella?

El cuento de la gitana

Todos la instaron para que contara el cuento, que debía ser muy sabroso. Y la gitana vieja dijo así

—Había en Sevilla, años pasados, un gorrero llamado Triguillos, tan avaro, que por un ochavo fuera capaz
5 de dejarse ahorcar. Todos sus sueños y sus conversaciones eran de tesoros ocultos, de la manera de encontrarlos y de la de guardarlos después para que otro no los encontrara; y en esta manía y amor por los ochavos llegó el gorrero, como nosotros decimos, a
10 perder la chaveta. Fuí yo a verle, y con mis embelecos y por hacerle una burla que fuera sonada, le prometí que hallaría el gran tesoro del moro Alí-Babá, si, metido en una tinaja con agua hasta el cuello, desnudo y con una corona de ciprés en la cabeza, esperaba el
15 filo de media noche, para salir de la tinaja y cavar en cierto lugar de su casa, que le indiqué. Hízolo así el gorrero; se pasó todita la noche—que era fresca como de invierno—en remojo dentro de la tinaja, y en cuanto oyó tocar a maitines, quiso con tanta prisa
20 salir de ella, que dió de narices en el suelo. La tinaja, que era de barro, se rompió en mil pedazos, y él con el golpe y con los cascos se magulló todo, y como además se derramara el agua, quedó nadando en ella y dando

¡Socorro, señores, que me ahogo!

grandes voces de que se ahogaba. Acudieron su mujer y los vecinos con luces, y le hallaron nadando, soplando, arrastrándose por el suelo, moviendo los brazos y las piernas con mucha prisa y diciendo a grandes voces:
5 —¡Socorro, señores, que me ahogo!—Y tal miedo tenía, que verdaderamente pensó que se ahogaba. Le sacaron de aquel peligro, y él contó la burla de la gitana; mas aunque todos le decían que ellos eran embustes y embelecos, se obstinó en cavar y cavar su
10 casa en el sitio indicado, y por poco echa abajo, no sólo la suya, sino también la del vecino. El tesoro de Alí-Babá no pareció, pero el cuento se supo por toda la ciudad, y hasta los chiquillos le señalaban con el dedo y contaban su credulidad, su avaricia y mi
15 embuste. . . . Y como el gorrero juró vengarse, ved si tengo motivos para no querer ir a Sevilla! . . .

Decidieron, pues, no ir a Sevilla, sino a Murcia, para que desde allí fuese Clemente a embarcar a Cartagena. Pero aún pasaron algún tiempo en los montes
20 de Toledo, por no separarse tan pronto de nuestro paje, de quien fué Andrés desde aquel día el mejor camarada. Andaban siempre juntos, gastaban largo, hacían llover escudos, saltaban, bailaban y tiraban la barra mejor que ninguno de los del rancho, y eran de
25 las gitanas más que medianamente queridos y de los gitanos en todo extremo respetados.

PREGUNTAS

1. ¿Qué instaron todos? 2. ¿Cómo se llamaba el gorrero?
3. ¿Dónde vivía? 4. ¿Cómo era? 5. ¿De qué eran todos sus

sueños y sus conversaciones? 6. ¿Qué llegó a perder el gorrero? 7. ¿Quién fué a verle? 8. ¿Qué le prometió ella? 9. ¿Dónde se pasó el gorrero todita la noche? 10. ¿Cómo era la noche? 11. ¿Cuándo salió el gorrero de la tinaja? 12. ¿De qué era la tinaja? 13. ¿Qué hizo la tinaja? 14. ¿Cómo quedó el gorrero? 15. ¿Quiénes acudieron? 16. ¿Cómo le hallaron? 17. ¿Qué decía a grandes voces? 18. ¿Qué pensó? 19. ¿Qué contó? 20. ¿Qué le decían todos? 21. ¿Por dónde se supo el cuento? 22. ¿Qué hacían los chiquillos? 23. ¿Qué decidieron hacer los gitanos? 24. ¿Dónde pasaron algún tiempo? 25. ¿Por qué? 26. ¿Qué hacían Andrés y Clemente?

20

La Carducha

Levantó su rancho la gitanería una mañana, y partieron todos con dirección a Murcia, deteniéndose en un lugarcillo cercano a esta ciudad. Pensaban permanecer allí muy poco tiempo, y no quisieron 5 tomarse el trabajo de acampar y desplegar las barracas que llevaban, como es costumbre entre ellos, desmontadas y cargadas en mulos. Acomodáronse, pues, como pudieron, unos aquí, otros allá, los más en el monte— pues era tiempo de verano—y Preciosa, su abuela, otras 10 dos gitanillas, el gitano jefe, Clemente y Andrés fueron a alojarse en el único mesón que había en el lugar.

Era dueña de este mesón una rica viuda, la cual tenía consigo una hija de diez y ocho años llamada Juana Carducha, medianamente hermosa, pero más 15 que medianamente entrometida y desenvuelta.

Y sucedió que esta Juana Carducha, viendo bailar a las gitanillas y gitanos prendóse de tal modo del garbo y gallardía de Andrés, que al punto concibió el proyecto de enamorarlo y casarse con él, aunque a ello se opusiera 20 el mundo entero. ¡No hay para qué decir con cuánta alegría le vería alojarse en su propia casa! Porque segura de su plan la atrevida muchacha, y no sabiendo la verdadera condición de Andrés, echaba sus cuentas de este modo:

—Por poco tiempo que paren en la villa—pensaba—, alojándose en mi casa, malo será que no se fije en mí, y en fijándose él, bien puedo yo decirle que le quiero y obligarle a casarse conmigo. Porque al fin, aunque buen mozo, y valiente y habilidoso, no es él sino un pobre gitano acostumbrado a tener por casa las barracas del rancho, con el cielo por techo y el santo suelo por alfombra; a sufrir persecuciones e insultos; y a ganarse el pan de cada día hoy bailando y cantando en una villa, mañana tirando la barra o jugando a los bolos en una aldea, y al otro robando una gallina o asaltando a un pobre caminante. . . . ¿Cuándo pudo soñar casarse con una mocica como yo, hija de la más rica viuda del lugar, codiciada por todos los mozos, dueña de buenas casas, y cabezas de ganado y ricas haciendas?

PREGUNTAS

1. ¿Cuándo levantó su rancho la gitanería? 2. ¿Con qué dirección partieron todos? 3. ¿Dónde se detuvieron? 4. ¿Qué pensaban hacer? 5. ¿Qué trabajo no quisieron tomarse? 6. ¿Cómo llevaban las barracas? 7. ¿Dónde se acomodaron? 8. ¿Quién era dueña del mesón? 9. ¿Cómo se llamaba su hija? 10. ¿Cuántos años tenía Juana Carducha? 11. ¿Cómo era? 12. ¿De qué se prendó? 13. ¿Qué proyecto concibió? 14. ¿Qué veía con mucha alegría? 15. ¿A quién quería ella obligar a casarse con ella? 16. Según lo que la Carducha creía, ¿quién era Andrés? 17. ¿A qué estaba acostumbrado él? 18. ¿Qué tenía por casa? 19. ¿Por alfombra? 20. ¿Qué sufría? 21. ¿Cómo ganaba el pan? 22. ¿Qué riquezas tenía la Carducha?

21

La Carducha se declara

Y en éstos, para ella muy dulces pensamientos, aguardaba la presuntuosa muchacha que llegase ocasión de hablar claro a nuestro gitano caballero. Porque era inútil que buscase ocasión para hacerse
5 notar de él, ni que recurriera a toda clase de perifollos y coqueteos, ni que inventara nuevos melindres y posturas cada vez que pasaba por su lado. Nuestro galán no tenía ojos más que para Preciosa, y ni por pienso fijaba su atención en la Carducha.
10 Por fin, a la segunda noche y en ocasión que Andrés entraba en la cuadra, Juana, que le había espiado, se acercó a él y muy decidida y resuelta le habló así:

—Andrés, yo soy rica doncella, pues soy hija única y de mi madre son este mesón y otras dos casas más y
15 muchas viñas y olivares, y también muchas joyas y dineros. Pues todo esto será tuyo si tú quieres tomarme por esposa, que si tú quieres yo he de tomarte por marido, así se oponga a ello el mundo entero. Con que piénsalo bien, y respóndeme pronto, y deja que el
20 rancho siga su camino, y quédate tú aquí, bien seguro de que vas a llevar mejor vida que un príncipe.

Sorprendido quedó Andrés oyendo hablar de tal modo a la Carducha. Mas no tuvo que pensar largo rato la respuesta:

La Carducha se declara

—Doncellita—dijo—, yo agradezco que te hayas fijado en mi humilde persona, pero no puedo aceptar tu amor ni esa vida de príncipe que de tan buena voluntad me ofreces. Porque has de saber que los gitanos no nos casamos sino con gitanas, y que yo estoy prometido a una, la más bella de España y del mundo entero, a la que no dejaría por todos los tesoros de las Indias.

En poco estuvo que la Carducha no cayera muerta, al escuchar la desabrida respuesta de Andrés. ¡Cuándo pudo ella imaginar que así la despreciara un gitano miserable! ¡A ella, la más rica doncella del lugar!
5 Y soltando improperios e insultos, y jurando vengarse, salió furiosa de la cuadra.

Al punto temió Andrés que la venganza de aquella furia pudiera recaer en su Preciosa—lo más querido para él en este mundo—, y reuniendo a todos los
10 gitanos, aunque sin decirles el motivo, les notificó que era preciso salir del lugar aquella misma noche. Ellos, que siempre y en todo le obedecían como si fuera el jefe, se apresuraron a arreglar sus petates; y alegres y dicharacheros se pusieron en marcha camino de
15 Murcia.

PREGUNTAS

1. ¿Qué pensamientos eran muy dulces para la Carducha?
2. ¿Qué aguardaba ella?   3. ¿Qué era inútil?   4. ¿Para quién tenía Andrés ojos?   5. ¿Cuándo se acercó Juana a Andrés?   6. ¿Dónde?   7. ¿Qué riquezas tenía la madre de Juana?   8. ¿Cuántas hijas tenía?   9. ¿Qué le ofreció Juana a Andrés?   10. ¿Quién quedó sorprendido de lo que dijo Juana?   11. ¿Aceptó o rehusó Andrés la oferta de Juana?
12. ¿Por qué?   13. ¿Qué soltó Juana?   14. ¿Por qué?   15. ¿Qué juró hacer ella?   16. ¿Cómo salió Juana de la cuadra?
17. ¿Qué temió Andrés?   18. ¿A quiénes reunió él?   19. ¿Qué les notificó?   20. ¿Qué se apresuraron a hacer los gitanos?
21. ¿Cómo se pusieron en marcha?

22

La trampa de la Carducha

Mas nada podía detener a la Carducha en sus bien tramados proyectos de venganza.

—¡Miserable gitano—pensaba—, no te saldrás con la tuya, que yo haré que te quedes en el lugar por fuerza, ya que no de grado! Y tomando unos pen- 5 dientes de corales y un collar con su dije filigrana, con que solía adornarse los domingos, en el momento de marchar los gitanos, lo escondió todo secretamente en el fardo de Andrés.

Apenas había salido del mesón la caravana, y ya la 10 hija de la viuda estaba en la puerta chillando a más y mejor, llamando a la justicia para que prendiera a aquellos gitanos que eran unos grandísimos ladrones y le habían robado sus mejores joyas. A tales voces acudió la gente, se reunió todo el pueblo, llegó al fin la 15 justicia, y la Carducha seguía en la puerta chilla que chillarás con todas sus fuerzas.

Los gitanos se detuvieron e inútilmente juraron que no llevaban nada que no fuese suyo. Por fin, Andrés, para demostrar la inocencia de toda su tropa, propuso 20 que se abrieran y registraran minuciosamente todos los fardos, lo que causó algún sobresalto a la vieja, temerosa de que pudieran encontrar las verdaderas ropas de

Andrés (esto es, de don Juan de Cárcamo) y aún alguna otra cosilla que ocultaba . . . y que a su tiempo se dirá.

Pero la misma Carducha impidió que fuera así, pues
5 dijo antes de que deshicieran el segundo envoltorio:

—Es inútil, señores, que se cansen en mirar todos los líos; yo sé muy bien que el que me ha robado es ese gitano alto y bailador, pues dos veces le sorprendí saliendo de mi cuarto.

10 Entendió Andrés que por él lo decía y respondió riendo:

—Señora doncella, esta es mi mula y este mi fardo: a fe que si en él encontráis lo que os falta, yo os lo pago en más de cien veces su valor.

15 Mas, ¡cuál no sería su asombro al ver que apenas había empezado la justicia a registrar su envoltorio, salían en él a relucir los dijes y pendientes de la Carducha!

PREGUNTAS

1. ¿Quién tenía proyectos de venganza? 2. ¿Qué quería ella hacer? 3. ¿De qué eran sus pendientes? 4. ¿Cuándo solía adornarse con ellos? 5. ¿Dónde escondió todo? 6. ¿Dónde estaba chillando ella mientras salía la caravana? 7. ¿A quién llamó ella? 8. Según Juana, ¿quiénes eran ladrones? 9. ¿Quién acudió a las voces de ella? 10. ¿Quién se reunió? 11. ¿Quién llegó al fin? 12. ¿Qué seguía haciendo la Carducha? 13. ¿Qué juraron los gitanos? 14. ¿Qué propuso Andrés? 15. ¿Por qué? 16. ¿De qué estaba temerosa la vieja? 17. ¿Qué dijo la Carducha a la justicia? 18. ¿Qué respondió Andrés? 19. ¿Qué salieron a relucir en el envoltorio de Andrés? 20. ¿Por qué quedó asombrado él?

23

Andrés es aprisionado

—¡Vean, vean, cómo se ha turbado el muy tunante!— decía la Carducha con aire de triunfo—. ¡Vean cómo yo sospechaba bien que tras tan buena cara se ocultaba un grandísimo ladrón!

Y entonces el alcalde y todos los presentes empezaron 5 a decir mil improperios contra los gitanos; a llamarles en su cara trapaceros, ladrones y salteadores de caminos. . . . A todo callaba Andrés, no por culpable, sino por sorprendido; pues daba en su mollera mil vueltas al asunto, sin llegar a comprender cómo las 10 joyas de la Carducha podían estar en su envoltorio sin que él las hubiese metido.

En esto un bizarro soldado se destacó del grupo de mirones, se llegó a Andrés y poniéndole la mano en el hombro, exclamó: 15

—¿No véis lo turbado que se ha quedado el gitanico? Apostaré yo a que aun se atreve a hacer melindres y negar su fechoría. ¡Mala peste de gitanos! ¡Aseguro que en vez de andar bailando de lugar en lugar, estaríais mejor todos en galeras! ¡Y para regalo tuyo y escar- 20 miento de toda tu tropa, ahí va ese bofetón!

Y diciendo y haciendo, alzó la mano y le dió tan tremendo bofetón que a poco no dá con Andrés en el

suelo. Mas la afrenta recordó a éste que no era Andrés,
sino don Juan, y caballero no sólo de nombre, sino de
condición. Con más presteza que se cuenta arremetió
al soldado, le arrancó su propia espada de la vaina, y se
5 la envainó en el cuerpo, dando con él muerto en tierra.

No puede describirse la confusión horrible que allí se
armó. Gritó el pueblo, acudió la justicia con las armas,
se desmayó Preciosa, se acongojó Andrés al verla
desmayada, y por acudirle no acudió a su defensa;
10 y como Clemente, su buen amigo, había salido del
pueblo con los bagajes, y la mayor parte de los gitanos
había huído ante la justicia, todos se echaron sobre
Andrés, y le sujetaron fuertemente con dos gruesas
cadenas.

15 Así, entre insultos y martirios, vió Preciosa como lo
conducían a Murcia para juzgarlo allí. Pensaba en
aquellos momentos que por su culpa se veía el caballero
preso y aherrojado como un criminal, en vez de estar
en Madrid, en el palacio de su padre, rodeado de
20 honores y riquezas. Y, ya arrepentida de haber sometido el amor del galán a tan dura prueba, abundantes
lágrimas asomaban a los bellos ojos de la gitanilla.

PREGUNTAS

1. ¿Qué decía la Carducha con aire de triunfo? 2. ¿Cómo
le llamó ella a Andrés? 3. ¿Qué empezaron a decir todos los
presentes? 4. ¿Cómo empezaron a llamarles a los gitanos?
5. ¿Qué decía Andrés? 6. ¿Qué fué lo que no llegó a comprender? 7. ¿Quién puso la mano en el hombro de Andrés?
8. ¿A quiénes insultó el soldado? 9. ¿Qué le dió el soldado

a Andrés? 10. ¿Qué hizo Andrés al soldado? 11. Entonces, ¿qué se armó allí? 12. ¿Quién se desmayó? 13. ¿Quién se acongojó? 14. ¿Por qué? 15. ¿Por qué no acudió Andrés a su defensa? 16. ¿Dónde estaba Clemente? 17. ¿Dónde estaba la mayor parte de los gitanos? 18. ¿Quiénes se echaron sobre Andrés? 19. ¿Con qué le sujetaron? 20. ¿A dónde le conducían? 21. ¿En qué pensaba Preciosa? 22. ¿De qué estaba arrepentida? 23. ¿Qué asomaban a los ojos de la gitanilla?

24

En casa del corregidor

Mas no se crea que por eso abandonó Preciosa a su galán. Por más caballero que nunca le tenía, pues su delito no era otro que haber lavado como caballero la afrenta que le hicieran; y animándole con sus
5 palabras más dulces y sus tiernas miradas, fué todo el camino tan cerca de él como los guardias se lo permitieron.

No hay para que decir que la gitana vieja acompañaba siempre a su Preciosa, la joya más preciada
10 del aduar. E iban con ellos, además, otros gitanos a quienes también llevaban detenidos para que dieran fe como testigos.

En llegando a Murcia todo el pueblo salió a ver a los presos, y, como en todas partes adonde iba, más que el
15 delito y que el delincuente, atrajo la atención de todos la sin par hermosura de Preciosa. Unos la alababan, otros la bendecían, y en pocos momentos corrió por toda la ciudad la fama de la linda gitanilla que seguía a los presos.

20 Tanto y tanto se habló de ella, que la nueva de su belleza y las alabanzas de su persona llegaron a oídos de la señora corregidora, y no sabemos qué súplica le haría esta señora a su marido (que él era quien tenía

que juzgar a los presos), lo cierto fué que, mientras los otros gitanos eran conducidos a la cárcel, y Andrés encerrado en obscuro calabozo y cargado de grillos y cadenas, Preciosa con su abuela era llevada con todo miramiento a casa del señor corregidor. 5

Era esta casa un espléndido palacio; el mejor de Murcia; y en el más lujoso de sus salones doña Guiomar de Meneses, la señora corregidora, en compañía de otras nobles damas, aguardaba impaciente la llegada de la linda gitanilla. En cuanto la vió llegar, dijo a sus 10 amigas:

—¡Con razón la alaban de hermosa!

Y acercándose a ella, la abrazó tiernamente, y no se cansaba de mirarla, y preguntó a su abuela qué edad tendría aquella niña. 15

—Quince años, señora—respondió la gitana,—dos meses más o menos.

—¡Ay, amigas! ¡Qué vivamente me recuerda mi desventura la vista de esta niña! ¡Que esa edad tendría ahora mi adorada Constanza, la hija que me robaron 20 en Madrid hace años!—dijo a esto doña Guiomar, suspirando.

PREGUNTAS

1. ¿Abandonó Preciosa a su galán? 2. ¿Cómo le tenía ella? 3. ¿Cuál era el delito de Andrés? 4. ¿Cómo le animó ella? 5. ¿A qué distancia de él fué ella? 6. ¿Dónde estaba la vieja gitana? 7. ¿Qué otras personas iban con ellos? 8. ¿Qué hizo el pueblo de Murcia? 9. ¿Qué atrajo la atención de todos? 10. ¿De quién corrió la fama por la ciudad? 11. ¿Qué llegó a oídos de la señora corregidora? 12. ¿Quién

tenía que juzgar a los presos? 13. ¿Cómo era la casa del corregidor? 14. ¿Dónde encarcelaron a Andrés? 15. ¿A dónde fueron Preciosa y la vieja? 16. ¿Quién aguardaba impaciente a Preciosa? 17. ¿Dónde la aguardaba? 18. ¿Qué dijo a sus amigas la corregidora cuando vió a Preciosa? 19. ¿Qué preguntó a la abuela? 20. ¿Qué respondió la gitana? 21. ¿Quién era Constanza?

25

Entra el corregidor

Preciosa, que en su pena sólo podía pensar en la gran desventura de Andrés, viendo a la señora tan bien dispuesta en su favor, le tomó las manos, y dándole en ellas muchos besos, y bañándolas con sus lágrimas, decía: 5

—¡Por Dios, señora mía, vos que sois tan buena! ¡Ved que el gitano que está preso no tiene culpa, porque fué provocado; que le dieron un bofetón y le llamaron ladrón, siendo inocente! ¡Por Dios y por quien sois, señora, decid al señor corregidor que no le castigue, 10 sino que haga justicia!

Y mirándola fijamente con su mirada más dulce y suplicante, y derramando abundantes lágrimas, tornaba una y otra vez a besarle las manos sin cesar de implorar:

—Señora, vos que sois tan hermosa, si es verdad que 15 os cautiva mi hermosura, pensad que nada soy ni valgo sin Andrés el gitano, pues es mi prometido a quien quiero más que a las niñas de mis ojos. Si sabéis lo que es amor, si lo tenéis a vuestro esposo, doléos de mí y de mi desventura. Y si dineros fueran precisos, no 20 faltarán, señora, que por salvar a Andrés todos daríamos cuanto pueda valer el aduar.

Estando en esto entró el corregidor en el salón, y quedó un momento suspenso contemplando el grupo que formaban su mujer y Preciosa abrazadas, llorando y tan parecidas en hermosura que se llevaban los ojos
5 de quien las miraba. Preciosa se echó entonces a los pies del caballero, y siguió implorando de este modo:

—¡Señor, misericordia! Yo puedo jurar que Andrés, mi prometido, es inocente y el más caballero de los hombres. Si él muere, yo también moriré; si habéis
10 de matarle, matadme a mí primero, y si esto no puede ser, que se suspenda al menos la pena por algún tiempo, que siendo él inocente no dejará Dios de mandarle pruebas que dar de su inocencia.

Admirado y confuso estaba el buen corregidor, escu-
15 chando las discretas razones de la gitanilla. Algo encontraba en ella que le inclinaba a creer que cuanto salía de sus labios era la verdad pura, y así procuraba consolarla y calmarla, y aún, si no fuera por miedo a mostrarse débil, también hubiese derramado lágrimas
20 el respetable señor de Acevedo. . . .

En tanto, la vieja gitana abuela de Preciosa se mostraba recelosa, inquieta y preocupada, y allá en sus adentros, meditaba seguramente grandes cosas. Al fin no pudo contenerse por más tiempo.

25 —Señores míos—dijo—, espérenme un instante sus mercedes, que quiero yo acabar el milagro que Dios ha hecho trayéndonos hoy a Preciosa y a mí a esta bendita casa. Espérenme y verán cómo—aunque me cueste a mí la vida—todos esos llantos van a con-
30 vertirse pronto en risas.

Y con ligero paso salió de la habitación, dejando a todos confusos, con sus enigmáticas palabras.

PREGUNTAS

1. ¿En qué pensaba Preciosa? 2. ¿Por qué? 3. ¿Qué hizo ella a las manos de la corregidora? 4. Según Preciosa, ¿era inocente o culpable Andrés? 5. ¿Qué quería ella que la corregidora dijera al corregidor? 6. ¿Era hermosa la corregidora? 7. ¿A quién quería Preciosa más que a las niñas de sus ojos? 8. ¿Cuánto dinero darían los gitanos por salvar a Andrés? 9. ¿Cuándo entró el corregidor en el salón? 10. ¿Por qué quedó él un momento suspenso? 11. ¿Quién se echó a sus pies? 12. ¿Qué siguió haciendo Preciosa? 13. ¿Qué pidió ella al corregidor? 14. ¿Qué encontraba el corregidor en Preciosa? 15. ¿Qué procuraba él hacer? 16. ¿Por qué no derramó lágrimas? 17. ¿Cómo se llamaba el corregidor? 18. ¿Quién se mostraba recelosa? 19. ¿Qué dijo la abuela? 20. ¿A dónde fué ella?

26

Se descubre quien era Preciosa

Aun seguía Preciosa en sus ruegos y lágrimas cuando volvió a entrar la gitana vieja en el salón. Llevaba bajo el brazo un cofrecillo antiguo, y rogó con gran premura y misterio a don Fernando y a doña Guiomar
5 que pasaran con ella a otra habitación, pues deseaba hablarles en secreto.

Apenas se encontró sola con ellos, se arrojó a sus pies, y poniéndose en cruz y haciendo grandes aspavientos, dijo así:
10 —Voy a confesar a sus mercedes un gran pecado mío, el mayor de mi vida, y si por la gran alegría que ahora les voy a dar no creen que merezco perdón, venga pronto el castigo; pero antes quiero que me digan si reconocen estas joyas.
15 Y sacando del cofrecillo un collarcito y unos pendientes de menudas perlas, los puso en manos del corregidor. Sólo al verlos palideció la señora, mientras su esposo, más tranquilo, decía:

—Estos son adornos de una criaturita.
20 —Así es la verdad—asintió la gitana—, y dentro de este papel doblado dice bien claro a qué criatura pertenecen.

Abriólo con prisa el corregidor, y leyó lo que sigue.:

"Estas joyas que en este cofrecito están guardadas, traíalas puestas cuando yo la robé la niña doña Constanza de Acevedo y Meneses, hija de doña Guiomar de Meneses y de don Fernando de Acevedo, caballero 5 del hábito de Calatrava. Hícela desaparecer de su casa de Madrid a las ocho de la mañana del día de la Ascensión del Señor, en el año mil quinientos noventa y cinco."

Oyendo leer este papel la corregidora se volvía loca, 10 al pensar que podía recobrar a su hija tantas veces llorada; besaba mil y mil veces los pendientes y el collarcito, abrazaba a su marido y a la gitana, se desmayaba y volvía en sí, hasta que, al fin, recobrando el habla, pudo, con voz débil, decir: 15

—Pero, buena mujer, ángel más que gitana, ¿dónde está la prenda de mi alma, la niña de quien eran estas joyas?

—¿Dónde ha de estar sino en vuestra propia casa?— repuso la gitana—. ¿Cómo no la habéis reconocido, 20 si es vuestro vivo retrato, en aquella linda gitanilla que en el salón os está esperando?

Aun no había dicho la vieja las últimas palabras de su discurso, cuando ya la corregidora corría al lado de Preciosa, a quien encontró todavía llorando, rodeada 25 de las otras señoras y de las doncellas y criadas de la casa. Se acercó la señora a la niña, y apresuradamente buscó en el lado izquierdo de su cuello, un lunarcito blanco que, de nacimiento, tenía su Constanza. Después, sin que Preciosa pudiera darse 30

cuenta de lo que le pasaba, la descalzó y en su pie de
nieve y marfil halló también la señal que buscaba:
un poquito de carne con que se unían y trababan por
enmedio los dos últimos dedos del pie derecho, y que
5 de niña no le habían querido cortar por no hacerla sufrir.

PREGUNTAS

1. ¿Qué hacía Preciosa cuando la vieja volvió a entrar
en el salón? 2. ¿Qué llevaba la abuela bajo el brazo?
3. ¿Qué les rogó a don Fernando y a doña Guiomar? 4. ¿Por
qué? 5. ¿Qué hizo cuando se encontró sola con ellos?
6. ¿Qué iba a confesarles? 7. ¿Qué sacó ella del cofrecillo?
8. ¿Dónde los puso? 9. ¿Cuándo palideció la señora?
10. ¿Qué dijo el corregidor? 11. Según el papel, ¿de quién
eran las joyas? 12. ¿Cuándo robó la vieja a la niña Constanza? 13. ¿Cuál era el verdadero nombre de Preciosa?
14. ¿Por qué se volvía loca la corregidora? 15. ¿Qué besaba
muchas veces? 16. Por fin, ¿qué dijo la corregidora?
17. ¿Qué repuso la gitana? 18. ¿Quién corrió al lado de Preciosa? 19. ¿Qué hacía Preciosa? 20. ¿Dónde buscó la
corregidora un lunarcito? 21. ¿Qué halló en el pie derecho
de Preciosa?

27

Preciosa reunida a sus padres

Estas señales unidas al testimonio de la vieja, las joyas, el día y hora en que la niña desapareciera de su casa; todo ello le confirmaba a la corregidora de un modo indudable que la gitanilla Preciosa era su hija Constanza, su prenda muy amada, por la que tanto ⁵ tiempo había llorado sin cesar. Ahora, la abrazaba, lloraba y reía al mismo tiempo, y al fin llamó a su esposo y le dijo poniendo a Preciosa entre sus brazos:

—Aquí tenéis, señor, a vuestra hija Constanza, tanto tiempo buscada, por la que hemos derramado tantas ¹⁰ lágrimas. Es ella misma; pues he visto la señal del cuello y la del pie; pero aunque estas señales no me dijeran que es mi hija, el corazón me lo está diciendo desde el instante que mis ojos la vieron.

Confesó el corregidor que a él le había sucedido lo ¹⁵ mismo, y no se cansaban los dos esposos de contemplar a su hija perdida y recobrada, y no cesaban de acariciarla para cerciorarse bien de que ya la tenían a su lado para siempre.

Preguntó la gitana vieja qué sería de ella. . . . Y el ²⁰ corregidor le dijo que, aunque bien merecía la horca por su grave delito, él quería perdonarla por la alegría tan grande que ahora les traía y por lo bien que había criado a su Constanza.

—Lo que no podré perdonarte nunca—añadió—es que, sabiendo la alta calidad de Preciosa, la hayas prometido a un gitano homicida y ladrón.

—¡Ay, eso no!—dijo a esto Preciosa—que Andrés el gitano, mi prometido esposo, ni es Andrés, ni gitano, ni ladrón—porque le calumniaron—ni homicida, sino vengador de quien le afrentó.

—¿Cómo? ¿Dices que no es ladrón ni gitano, hija mía?

—No, señor, sino don Juan de Cárcamo, que por mi amor se avino a dejar su traje, condición y regalada vida para seguir—sólo por dos años—la errante y miserable vida de la gitanería. Ved si sería injusto condenar a tan noble caballero sin siquiera avisar al Conde, su padre, para que venga a defenderlo.

Y en pocas y discretas palabras contó a sus padres cuanto nosotros ya sabemos. Como siempre había creído ser gitana y nieta de la vieja, aunque se había estimado en mucho más de lo que de ser gitana se esperaba; cómo había conocido a don Juan y cómo él se había enamorado de ella, y ella, por ser señor tan alto, no había querido creerle y le había puesto aquella prueba. . . . Y cómo don Juan se había convertido en Andrés, y cómo, poquito a poco, por sus muchos méritos había llegado a amarle tiernamente.

Esto último lo dijo ruborosa y con la vista baja, pero todo ello con tanta discreción y gracia que, aunque no la hubieran reconocido por hija, les enamorara. Y viéndola llorar de nuevo, le dijo así su padre:

—No llores más, Preciosa mía—que este nombre de

Preciosa quiero que se te quede como memoria de tu pérdida y de tu hallazgo—; no llores más, que tu padre va a devolverte muy pronto a tu galán.

1. ¿Qué le confirmaba a la corregidora que Preciosa era su hija? 2. ¿Por qué la había llorado? 3. ¿Qué hacía la corregidora ahora? 4. ¿A quién llamó? 5. ¿A quién puso entre los brazos del corregidor? 6. ¿Qué señales ha visto la corregidora? 7. ¿Qué le dijo su corazón? 8. ¿Qué confesó el corregidor? 9. ¿De qué no se cansaban los padres? 10. ¿Qué no se cesaban de hacer? 11. ¿Qué les preguntó la abuela? 12. ¿Qué le dijo el corregidor? 13. ¿Qué no podía perdonarla? 14. ¿Qué dijo a esto Preciosa? 15. ¿Quién era Andrés? 16. ¿Por qué había seguido Andrés la vida de la gitanería? 17. ¿Qué les contó Preciosa a sus padres? 18. ¿Por qué había llegado Preciosa a amar a Andrés? 19. Cuando Preciosa empezó a llorar de nuevo, ¿qué le dijo su padre? 20. Entonces, ¿estaba contenta Preciosa?

28

El encuentro en el calabozo

Triste y pesaroso, cargado de cadenas, con los pies en un cepo, y las esposas en las manos, estaba Andrés en el obscuro calabozo, cuando entró a verle el corregidor. Había éste ya escrito todo el suceso al Conde,
5 padre del galán—que resultó ser muy amigo suyo—, mas antes de dar la buena nueva al enamorado de Preciosa, quiso asustarle un poco, en castigo al engaño usado con sus padres. Así fué, que entró en el cala bozo tan ceñudo y hosco, que Andrés creyó llegada su
10 última hora.

—¿Cómo está la buena pieza?—dijo el corregidor con voz de trueno—. ¡Así tuviera yo ahora atraillados a todos los gitanos ladrones que infestan nuestra España, que de un golpe acabara con ellos! Pues
15 sabed, señor ladrón, que yo soy el corregidor de esta ciudad, y vengo ahora a que me digáis si es vuestra esposa una linda gitanilla que ha venido siguiendo vuestros pasos.

Acongojóse Andrés con esta pregunta, pues, como
20 recordaréis, era celoso, y no se le ocurrió otro pensamiento sino que el corregidor se había enamorado de Preciosa y quería casarse con ella. Con todo respondió:

Quiso asustarle un poco

—Si ella ha dicho que soy su esposo, eso es la verdad, y si ha dicho que no lo soy, también es verdad, porque no es posible que Preciosa mienta.

—¿Tan verdadera es?

—Tanto como pueda serlo la más alta dama. 5

—Pues a fe que no es poca rareza la de ser verdadera siendo gitana. Y habéis de saber que ha dicho ser vuestra prometida, y desde que entrasteis en la cárcel está llorando y suplicando que la casen con vos; pues, si morís, quiere tener el alto honor de ser vuestra viuda.

—No es otro mi deseo, señor corregidor; que, como yo me case con ella, creo que me iré menos triste a la otra
5 vida.

—¿Tanto la quieres?

—Tanto, que a poderlo decir, no fuera nada. Así, señor corregidor, haga su señoría que nos desposen pronto, que en teniendo su gracia, estoy seguro que
10 no ha de faltarme la del cielo.

—Pues esta noche te sacarán de aquí—dijo el corregidor—y te llevarán a mi casa, donde te casarán con tu Preciosa. Y mañana, a mediodía, estarás en la horca, y yo habré cumplido con la justicia y con
15 vuestro deseo.

Dicho esto, salió del calabozo.

PREGUNTAS

1. ¿Dónde estaba Andrés? 2. ¿De qué estaba cargado? 3. ¿En qué tenía los pies? 4. ¿Qué tenía en las manos? 5. ¿Quién entró a verle? 6. ¿A quién había escrito el corregidor? 7. ¿A quién quiso asustar el corregidor? 8. ¿Por qué? 9. ¿Cómo entró en el calabozo? 10. ¿Cómo le habló a Andrés? 11. Según lo que dijo el corregidor, ¿por qué había entrado en el calabozo? 12. ¿Quién era celoso? 13. ¿Qué pensamiento se le ocurrió a Andrés? 14. ¿Qué respondió Andrés? 15. Según el corregidor, ¿qué le había dicho Preciosa? 16. ¿Qué alto honor quería tener Preciosa? 17. ¿Qué deseaba Andrés? 18. ¿Cuándo le sacarían a Andrés de la cárcel? 19. ¿Para qué? 20. ¿Cuándo estaría en la horca?

29

Andrés en casa del corregidor

En verdad que el señor corregidor estuvo un tantico
cruel con el galán, y en verdad también que éste, aunque se hiciera el hombre fuerte, se quedó—con aquello
de la horca para el día siguiente—bastante cariacontecido. ¡Ahí era nada perder la vida en los mejores 5
años de ella; y sin poder avisar ni despedirse de sus
padres; y sin la gloria del soldado en el campo de
batalla, sino en la cárcel, con la ignominia del ladrón!
Y, sobre todo, perder a Preciosa, no ver más a
Preciosa. . . . 10

A las diez de la noche, sin esposas, pero con una gran
cadena que le ceñía todo el cuerpo, le condujeron a
casa del corregidor. De este modo le entraron en el
gran salón donde pudo ver reunida a toda la nobleza
del pueblo, y a Preciosa sentada en sitio preferente del 15
estrado, pero ya no vestida de gitana, sino con magnífico traje de blonda y terciopelo y alhajada con primo-
rosas joyas que realzaban de modo extraordinario su
belleza. Algo se sorprendió Andrés al notar este
cambio, pero pensó que la gitanilla, con su buena gra- 20
cia, se había conquistado el corazón de los señores, y
ellos habían tenido gusto en obsequiarla y vestirla de
aquel modo.

De este modo le entraron en el gran salón

Mas a Preciosa, al ver a Andrés aherrojado y doblado por el peso de la cadena, descolorido el rostro, y con señales de llanto en los ojos—¡él tan fuerte y valeroso! —se le oprimió el corazón y no pudo por menos de mirar, angustiada, a su madre. Ésta, volviéndose a su esposo, le dijo por lo bajo:

—¿No es hora, don Fernando, de que cesen de pasar sustos estos pobres niños? No sea que, de susto en susto, lleguen uno u otro a perder la vida.

—No temas—dijo él—, que pronto serán todo alegrías.

Y volviéndose a un sacerdote que también se hallaba allí, añadió señalando a Preciosa y a Andrés:

—He aquí, señor cura, al gitano y a la gitanilla que habéis de desposar.

—No podré hacerlo—replicó el sacerdote—si no preceden las debidas circunstancias. ¿Dónde se han dicho las amonestaciones? ¿Dónde está la licencia de los padres?

—Es que el tiempo urge—interrumpió el corregidor—, y este caballerito ha de pagar mañana cierta cuentecilla. . . .

—Pues suspéndase la pena hasta después del casamiento y hágase éste con todos los requisitos; si no, yo no los caso.

Dijo el sacerdote, y sin atender a ruegos ni a súplicas, salió del salón y de la casa.

PREGUNTAS

1. ¿Con quién estuvo cruel el corregidor? 2. ¿Cómo se quedó Andrés? 3. ¿Por qué? 4. ¿Qué sentía perder más que a su vida? 5. ¿A qué hora le condujeron a casa del corregidor? 6. ¿Qué le ceñía todo el cuerpo? 7. ¿A dónde le condujeron? 8. ¿Quiénes estaban reunidos allí? 9. ¿Dónde estaba sentada Preciosa? 10. ¿Cómo estaba vestida? 11. ¿Por qué se sorprendió Andrés? 12. ¿Qué pensó? 13. ¿Cómo estaba Andrés? 14. ¿Cómo miró Preciosa a su madre? 15. ¿Qué le dijo la madre a su esposo? 16. ¿Qué respondió el corregidor? 17. ¿Qué le dijo al sacerdote? 18. ¿Qué respondió el sacerdote? 19. Entonces, ¿qué dijo el corregidor? 20. ¿Quién salió de la casa?

30

Andrés es puesto en libertad

Entonces habló don Fernando, el padre de Preciosa:

—Quizás sea esta providencia del cielo para que el suplicio de Andrés se dilate—dijo—, ya que yo le he dado mi palabra de que antes de morir ha de casarse con Preciosa. ¡Quién sabe lo que puede suceder en 5 este tiempo! Acaso, acaso, de aquí a entonces nos dirá el mancebo si para ser dueño de la mano de Preciosa prefiere llamarse el gitano Andrés Caballero o el muy ilustre señor don Juan de Cárcamo.

Por un momento Andrés no se dió cuenta de lo que 10 oía; al instante, sin embargo, se repuso, y contestó:

—Pues sabéis mi nombre y condición, yo no he de ocultarle por más tiempo; pero sabed también que, aunque fuera rey o emperador, aún me parecería poco para merecer la mano de Preciosa. 15

Y dijo el corregidor:

—Pues por ese gran amor que habéis probado y el buen ánimo que mostráis, yo quiero daros hoy a vuestra Preciosa; pero no con los sustos y disgustos que pensábais pasar, sino para que gocéis de su amor 20 muchos años, con el consentimiento y aprobación de vuestros padres. Y sabed que al dárosla os doy la joya de mi casa, mi única y adorada hija doña Cons-

tanza de Acevedo y de Meneses, que os iguala, no sólo
en el amor, sino también en el linaje.

Como atontado quedó el galán al escuchar estas
razones. Fué preciso que la misma Preciosa le contara
5 tres o cuatro veces toda su historia, y le dijera cómo
no era nieta de la gitana vieja, sino que había sido
robada por ella cuando niña; cómo la vieja, al ver
reunidos a la hija y a los padres, había creído en un
milagro y había confesado su delito; y cómo doña
10 Guiomar, por las señales del cuello y el pie de Preciosa
y por las joyas que consigo llevaba la niña al ser robada,
había reconocido ser verdad la confesión de la gitana.
Y cómo él, don Juan (que ahora ya había dejado para
siempre de ser Andrés), estaba en libertad, y sólo faltaba
15 que sus padres—ya avisados—llegaran a Murcia, para
celebrar las bodas con toda pompa y boato.

PREGUNTAS

1. ¿Quién era don Fernando? 2. ¿Cuál era la providencia del cielo? 3. ¿Qué palabra le había dado a Andrés?
4. ¿Quién no se dió cuenta de lo que oía? 5. ¿Por qué no?
6. ¿Qué no iba a ocultar don Juan por más tiempo? 7. ¿Por
qué no? 8. ¿Quién había probado un gran amor? 9. ¿Cómo?
10. ¿A quién iba a dar el corregidor a su hija? 11. ¿Quién
era la joya de la casa del corregidor? 12. ¿Cómo igualaba
Preciosa a don Juan? 13. ¿Cómo quedó don Juan al
escuchar las razones del padre de Preciosa? 14. ¿Por qué?
15. ¿Qué le contó Preciosa a don Juan tres o cuatro veces?
16. ¿Cuándo había sido robada Preciosa? 17. ¿Por quién?
18. ¿Quién había creído en un milagro? 19. ¿Cómo había
reconocido doña Guiomar ser verdad la confesión de la gitana?

31

Todo acaba en boda

Transcurrieron estos días de espera en fiestas y
banquetes, que los corregidores dieron a toda la ciudad
para celebrar el encuentro de su amada hija. No hay
para qué decir que Preciosilla era la reina de estas
fiestas, y con su hermosura y con su gracia enamoraba 5
a cuantos la miraban. Todos querían escuchar de sus
labios los lindos romances que tan famosa la habían
hecho en la Corte, y ella no se hacía rogar y cantaba
romances y bailaba seguidillas, y hasta—burla, burlando, con aquel gracejo que Dios le dió—decía la 10
buenaventura a los presentes.

La gitana vieja se quedó para siempre en la casa,
pues no quiso separarse de la que siguió llamando su
nieta Preciosa. Los gitanos y gitanillas fueron puestos
en libertad, y enterados del fausto suceso, y aunque 15
muy contentos con los magníficos regalos que les hicieron los nobles corregidores, no pudieron por menos
de derramar lágrimas al despedirse de Preciosa y de
Andrés.

La Carducha fué encarcelada hasta que confesó su 20
mentira; y después perdonada por la generosidad de
los dos enamorados. La única tristeza entre tanta
alegría fué cuando Preciosa y su galán quisieron

buscar a su buen amigo Clemente para hacerle partícipe de su dicha, supieron que había pasado al puerto de Cartagena y embarcado allí con rumbo a Génova.

5 No tardaron mucho en llegar a la ciudad los Condes, padres de don Juan. A su llegada hubo fuegos y luminarias, fiestas y felicitaciones por todas partes. Ellos, al ver a su hijo tan feliz y prometido a doncella de tanta alcurnia, belleza y honestidad, le perdonaron de buena 10 gana el engaño y la aventura.

Fueron las bodas como correspondía a personas de tanta calidad. Duraron las fiestas más de veinte días y hubo en ellas toros, cañas y luminarias. Las celebraron los más altos poetas, y aunque nuestros dos 15 enamorados, rodeados de hijos, de dichas y riquezas, alcanzaron una larga vida y murieron hace ya muchos años, la fama de su amor y de la belleza y gracias de Preciosa la gitanilla durará mientras los siglos duren.

Translation Aids

CHAPTER 1

CHAPTER 2

CHAPTER 3

Chapter 12

Chapter 13

Chapter 14

Chapter 15

Chapter 16

Chapter 17

CHAPTER 18

Page   Line
53,   5—**Habéis de saber,** *You ought to know*
53,   15—**que no me confiara,** *that he did not confide in me*
53, 15–16—**que no fuese conmigo,** *that he did not go with me*
54,   7—**se supo,** *it was learned*
54,   19—**con que si,** *so if*
54,   29—**no puedo ni oirla nombrar,** *I can't even hear its name mentioned*

CHAPTER 19

56,   3—**Había en Sevilla,** *There was in Seville*
56,   4—**fuera capaz,** *he would be capable*
56,   11—**que fuera sonada,** *which should become widely known*
56, 18–19—**y en cuanto oyó tocar a maitines,** *as soon as he heard the church bells chiming the matins*
56,   20—**dió de narices en el suelo,** *he hit his nose against the ground*
58,   10—**y por poco echa abajo,** *and he almost overthrew*

CHAPTER 20

60, 19–20—**aunque a ello se opusiera el mundo entero,** *even though everybody opposed it*
60,   20—**no hay para qué decir,** *it goes without saying*

CHAPTER 21

62,   4–5—**para hacerse notar de él,** *to make him notice her*
62,   17—**yo he de tomarte,** *I shall take you*
62,   21—**a llevar mejor vida,** *to lead a better life*
63,   4—**has de saber,** *you must* or *shall know*
63,   8—**de las Indias,** *of the Indies* or *Spanish America.* This was the time when Spain derived great wealth from Mexico and Peru.
64,   1—**en poco estuvo que la Carducha no cayera muerta,** *la Carducha almost fell dead*

CHAPTER 22

65,   5—**ya que no de grado,** *if not willingly*
65, 11–12—**a más y mejor,** *at the top of her voice*
65, 16–17—**chilla que chillarás,** *screaming*

CHAPTER 28

Page   Line
81,   12—**Así tuviera,** *Would that I had thus*
82,   7—**que a poderlo decir, no fuera nada,** *words cannot express it*
82,   8—**haga su señoría que nos desposen pronto,** *let your lordship have us married soon*
82,   10—**no ha de faltarme la del cielo,** *I shall not lack that (the grace) of heaven*

CHAPTER 29

85,   3—**se hiciera el hombre fuerte,** *played the part of a strong man*
87,   4–5—**no pudo por menos de mirar,** *she could but look*
87,   8—**no sea que,** *lest it be that*
87,   15—**habéis de desposar,** *you are to marry*

CHAPTER 30

89,   4—**la misma Preciosa,** *Preciosa herself*

CHAPTER 31

91,   8—**ella no se hacía rogar,** *she did not make them beg her*
91,   9–10—**burla, burlando,** *jestingly*

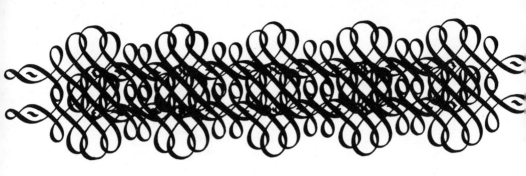

Vocabulary

A

a, letter used to point out direct object when such object is a definite person. Not to be translated.

a, to, at

abajo, below

abandonar, to abandon

abiertamente, openly

abogado, counselor, advocate

abrazado, embraced

abrazar, to embrace

abrir, to open

abrupto, craggy, rugged

abstener, to abstain

abuela, grandmother

abuelo, grandfather; pl. grandparents, ancestors

abundante, abundant, profuse

acampar, to encamp

acaramelado, flirtatious

acariciar, to caress

acaso, perhaps

aceite, m. oil

aceptar, to accept

acerca, about, concerning; — **de,** with regard to

acercarse, to approach

acertar, to hit the mark

acometer, to attack

acomodarse, to accommodate oneself

acompañamiento, accompaniment

acompañar, to accompany

acongojarse, to be grief stricken

acostar, to lay down

acostumbrado, accustomed

acostumbrar, to accustom

acudir, to draw near, to attend

acusar, to accuse

adelante, forward

además, moreover

adentros, innermost thoughts

aderezado, dressed

adivinar, to divine, to tell fortunes

admiración, f. admiration

admirado, in wonderment, bewildered

admirador, m. admirer

admirar, to admire

adonde, where, whither

adorado, adored, beloved

adornado, adorned

adornar, to adorn

adorno, ornament, jewelry

aduar, m. company of gypsies

adversario, adversary

afamado, famed, famous

aficionado, fond

afirmar, to affirm

aflojar, to loosen

afrenta, affront, insult

afrentar, to affront, to insult

agasajo, attention, friendly reception

agradar, to please

agradecer, to thank, to be grateful for

agrado, liking

agua, water

aguardar, to await, to wait for

agudeza, smartness

aherrojado, chained

ahí, there

ahogado, strangled, choked, drowned

ahogarse, to drown

ahora, now

ahorcar, to hang

ahuyentar, to drive away

aire, m. air

al (a+el), to the, upon

alabanza, praise, flattery

alabar, to praise

alarmado, alarmed

alba, dawn

alborotadito, restless (one)

alcalde, justice of the peace, mayor

alcanzar, to attain to, to obtain

alcornoque, cork tree

alcurnia, lineage

aldea, village

alegrarse, to be glad

alegre, happy

alegría, joy, happiness

alejarse, to go away from

alfombra, carpet, rug

algo, something, somewhat

algún, some

algunos, some

alhajado, bejewelled

Alí-Babá, a famous Dey or ruler of Algiers who was immensely wealthy

alivio, alleviation, ease

alma, heart, soul

alojarse, to lodge, to stay

alquiler, wages, hire

alto, high, tall

alzar, to raise

allá, there (motion toward)

allí, there

amable, friendly, amiable

amado, loved, beloved

amante, m. lover

amar, to love

ambos, both

amenazar, to threaten

amigo, friend

amistad, f. friendship

amo, master

amonestaciones, f. marriage banns

amor, m. love

amoroso, amorous, loving

Ana, Anne

anciano, old

ancho, wide

andante, wandering

andar, to walk, to go

Andrés, Andrew

ángel, m. angel

angustiado, sorrowful, sad(ly)

animar, to cheer, to animate

ánimo, spirit, courage

ante, before

anterior, before, previous

antes (de), before, first; — bien, rather

antiguo, old

antojo, fancy, whim

añadir, to add
año, year
aparición, f. apparition
apartado, removed
apartar(se), to draw aside, to leave, to dissuade, to take away
aparte, apart
apenas, scarcely, hardly
aplicar, to apply
apostar, to bet
apoyarse, to support oneself
aprender, to learn
aprestar, to prepare, to make ready
apresuradamente, quickly, hurriedly
apresurarse, to hurry
aprisionado, imprisoned
aprisionar, to imprison
aprobación, f. approval, approbation
aproximar, to draw near, to approach
apuesta, bet
apuesto, elegant, genteel, spruce
aquel, m. that
aquél, the former
aquella, f. that
aquí, here; por — , this way
árbol, tree
armar, to set up, to arm
armas, arms
arrancar, to wrest, to pull out
arrastrar, to crawl
arreglado, arranged
arreglar, to arrange
arremeter, to lunge toward
arrepentido, repentant
arrimar, to be next to, to lean against

arrojar, to throw, to cast
artificio, artifice, affectation
asaltar, to attack, to assault
ascensión, f. ascension
ascua, red-hot coal
asegurar, to assure
asentir, to acquiesce, to agree
aseo, neatness, tidiness
así, thus, so
asido, seized
asomar(se), to appear
asombrado, surprised, astonished
asombro, astonishment
aspavientos, dread; hacer — , to show fear
asunto, business, affair, matter
asustar, to frighten
atacado, attacked
atención, f. attention
atender, to heed
atentamente, attentively
atontado, stunned
atraer, to attract
atraillado, leashed, bound
atrás, before
atreverse, to dare
atrevido, daring, forward
aumentar, to increase
aún, even, still, yet
aunque, although
auxiliar, to help
avaricia, avarice
avaro, avaricious, miserly
avenirse, to agree
aventura, adventure, hazard
avisar, to notify
avivar, to quicken, to enliven
¡ay!, oh!
azorado, terrified, scared

B

bagajes, m. baggage
bailador, m. dancer
bailar, to dance
bailarín, m. dancer
baile, m. dance
bajo, under, low
balcón, m. balcony
balde, de—, free of cost
banderola, streamer, bannerol
banquete, m. banquet
bañar, to bathe
barra, bar used in a country game in Spain, corresponding to our shot put
barraca, tent, hut
barro, clay
bastante, sufficient, fairly
batalla, battle
belleza, beauty
bello, beautiful, handsome
bendecir, to bless
bendito, blessed
besar, to kiss
beso, kiss
bien, well
bizarro, high-spirited, brave
blanco, white
blandamente, softly
blando, soft
blonda, broad silk lace
boato, ostentation
boca, mouth
boda(s), wedding ceremony
bofetón, m. cuff, violent slap in the face
bolo, ninepins, bowling
bolsa, purse, pocketbook
bolsillo, purse, pocket

bolsita, little purse
brama, branch
brazo, arm
brillar, to shine
brillo, shine, glimmer
brío, strength, spirit, courage
brocado, gold or silver brocade
buenaventura, fortune
bueno, good
bulto, a —, haphazardly
burla, hoax, trick
burlar, to banter, to make fun of, to jest
buscar, to look for

C

cabal, accomplished
caballerito, young gentleman
caballeriza, stable
caballero, gentleman, knight
caballo, horse
caber, to be capable of containing, to be contained
cabeza, head
cabriola, leap, hop, skip
cada, each
cadena, chain
caer, to fall
calabozo, cell, dungeon
Calatrava, a monastic-military order founded by Saint Raymond in the twelfth century
calidad, f. quality, rank
calmar, to quiet, to calm
calumniar, to insult
callar, to keep quiet, to be quiet
calle, f. street
camarada, m. comrade
cambiar, to change, to exchange

cambio, change, exchange
caminante, m. traveler
camino, road, way; — de, on the road to
compamento, camp
campo, country, field
cansado, tired
cansar(se), to tire, to grow tired
cantar, to sing
caña, cane, equestrian exercise with reed spears
capa, cape
capaz, capable
cara, face
caravana, caravan
cárcel, f. jail
cargado, borne
cargar, to burden
cariacontecido, crestfallen
caridad, f. charity
cariño, affection, love
caritativo, charitable
carmesí, crimson
carne, f. flesh, meat
Cartagena, a city in Spain
casa, house, home
casado, married
casamiento, marriage
casarse, to marry
casco, fragment of an earthen vessel
casi, almost
caso, case; hacer —, to attach importance to
castañuela, castanet
castigar, to punish
castigo, punishment
caudal, m. wealth
causa, cause

causar, to cause
cavar, to dig
cavilación, f. caviling, fault finding
cavilar, to find fault
caviloso, fault finder
caza, game, chase
cecear, to lisp
celebrado, famous
celebrar, to celebrate
celos, jealousy
celosito, very jealous
celoso, jealous
centro, center
ceñir, to gird, to wear
ceñudo, frowning
cepo, stocks
cerca, near
cercano, nearby, near
cerciorarse, to make sure
ceremonia, ceremony
cesar, to cease
cielo, sky, heaven
cien, hundred
ciencia, science
cierto, certain
cinco, five
cinta, ribbon
cintillo, hat-band
ciprés, m. cypress
circunstancia, circumstance
ciudad, f. city
claro, clear, clearly
clase, f. kind, class
codiciado, coveted
cofrecillo, small trunk, box, chest
cofrecito, small trunk, box, chest
coger, to catch
colchón, m. mattress

colegial, m. college student
colocar, to place
color, m. color
collar, m. necklace
collarcito, little necklace
como, as, like; ¿Cómo?, How?,
Describe
comodidad, f. comfort, luxury
compadecer, to pity
compañero, companion
compañía, company
compensar, to compensate
componer, to compose
comprar, to buy
comprender, to understand
con, with
concebir, to conceive
conciencia, conscience
conde, m. count; pl. count and
countess
condenar, to condemn
condición, f. condition
conducir, to lead, to take
condujeron, (they) lead, took
confesar, to confess
confesión, f. confession
confiado, confident, trusting
confianza, confidence
confiar, to confide
confirmar, to confirm
confitura, confection, sweet-meat
conformar, to conform, to agree
confusión, f. confusion
confuso, confused, bewildered
conmigo, with me
conocer, to know
conocido, known; (noun) ac-
quaintance
conquistar, to conquer

conseguir, to succeed, to obtain
consentimiento, consent
considerar, to consider
consigo, with him, with her
consolar, to console
constancia, constancy
Constanza, Constance
contar, to count, to consider, to
tell, to relate
contemplar, to contemplate, to
gaze upon
contener, to contain, to restrain
contentamiento, contentment,
happiness
contentísimo, very happy
contento, (adj.) happy, contented;
(noun) happiness, contentment
contestar, to reply
continuar, to continue
contorno, neighborhood, surround-
ing country
contrariar, to disappoint, to vex
conversación, f. conversation
convertir, to convert
coqueteo, flirting, coquetting
coral, m. coral
corazón, m. heart
corona, crown
corredor, m. runner
corregidor, m. magistrate
corregidora, wife of a magistrate
correr, to run
correría, incursion
corresponder, to correspond, to
return
corrido, dos meses corridos, the
next two months
corriente, lo — , the fashion
corro, group, circle

cortar, to cut
corte, f. capital, court
cortesía, courtesy
cosa, thing
cosecha, harvest
cosilla, little thing
costado, side
costar, to cost
costumbre, f. custom
crecer, to grow
credulidad, f. credulity
creer, to believe
criado, servant
criar, to rear
criatura, creature, child
criaturita, small child
criminal, m. criminal
cruz, f. cross
cuadra, large hall
cual, which; ¿Cuál?, What?, Which?
cuando, when; de — en — , from time to time
cuantioso, rich, numerous
cuanto, all; en — , as soon as; en — a, as regards, concerning; — antes, as soon as possible
¿Cuánto?, How much?; ¿Cuántos?, How many?
cuarto, small copper coin worth about one cent; room
cuatro, four
cubierto, covered
cuchichear, to whisper
cuello, neck
cuenta, calculation; echar — , to make plans; darse — , to take notice, to be aware
cuentecilla, little account

cuento, story, tale
cuerpo, body
cuidado, care
cuidar, to take care of
culpa, fault, blame, guilt
culpable, guilty
cumplidamente, completely, suitably
cumplido, complete, real; (p. p.) complied
cumplir, to fulfil, to comply with
cura, m. priest, father
curandero, practitioner of medicine
curar, to cure, to be cured
cuyo, whose

Ch

chaveta, perder la — , to become rattled
chico, (noun) small boy
chillar, to scream, to shriek
chiquillo, small boy
choza, hut

D

dádiva, gift
dadivoso, liberal (one)
daga, dagger
dama, lady
danza, dance
dar, to give, to strike
de, of, from, about, than, as, with, by
deber, ought to, should
debido, due
débil, weak
decidido, decided, determined
decidir, to decide

decir, to say, to tell
decir, (noun) language
decisión, f. decision
declarar, to declare
dedo, finger, toe
defender, to defend
defensa, defense
dejar, to leave, to cease, to let
del, (de + el) of the
delante, before, in front
delincuente, m. delinquent, offender
delito, crime
demás, rest, others, remainder; por —, moreover
demasiado, too (much)
demostrar, to demonstrate
dentro, within, in
derecho, right
derramar, to shed, to spill, to scatter
desabrido, sharp, unsavory
desagradar, to displease
desaparecer, to disappear
descalzar, to remove the shoes and stockings
descaminar, to go astray
descansar, to rest
descolorido, discolored, pale
desconfiado, suspicious
desconocido, unknown
describir, to describe
descubrir, to discover, to disclose
desde, since, from
desdoblar, to unfold
desear, to desire
desenvuelto, forward, brazen
deseo, desire
desgracia, misfortune

deshacer, to undo; — en, to burst into
deshacerse, to go to pieces, to outdo oneself
desmayarse, to faint
desmontado, dismounted, dismantled
desnudar, to bare
desnudo, bare, naked
despedir, to emit; — se, to take leave of, to say good-bye to, to dismiss
desplegar, to pitch tents or camp
despojar, to rob
desposar, to marry
despreciar, to scorn, to deprecate
después, after, afterwards
destacarse, to detach oneself from
destrenzar, to unweave
destreza, skill
desvanecer, to undo
desventura, misfortune
desviar, to divert, to delay
detener, to detain, to stop
devolver, to return
día, m. day
diamante, m. diamond
dicha, good fortune, happiness
dicharachero, one who uses slang
dichoso, fortunate, happy
diez, ten
diez y ocho, eighteen
difícil, difficult
dije, m. amulet, charm
dilatar, to postpone
dinerito, dimunitive of dinero, small coin
dinero, money
Dios, God

dirección, f. direction, address
directamente, directly
dirigirse, to go
discreción, f. discretion, understanding, prudence
discreto, discreet, prudent, wise
discurso, speech, talk
disfraz, m. disguise
disgusto, grief, sorrow
disipar, to dissipate, to remove
disminuir, to lessen
dispuesto, disposed, ready
distancia, distance
disuadir, to dissuade, to deter
diverso, diverse
doblado, folded, bent
doblón, m. doubloon, a Spanish gold coin, no longer issued, varying in value
docena, dozen
doler, to sympathize
dolor, m. pain, grief
domingo, Sunday
don, sir, Mr., a title of gentry and nobility used only before the given name
donaire, m. elegance
doncel, m. youth
doncella, maiden
doncellita, little maiden
donde, where
doña, madam, miss, a title of gentry and nobility used only before the given name
dorado, golden, gilded
dos, two
doscientos, two hundred
duda, doubt
dueña, mistress, owner

dueño, master, owner
dulce, sweet
durante, during
durar, to last
duro, hard, difficult

E

echar, to throw, to lay, to put
edad, f. age
efectivamente, indeed, certainly
efecto, effect
ejecutoria, pedigree, lineage
el, (mas. sing. article) the
él, he; con —, with him
elocuente, eloquent
elogio, eulogy, praise
ella, she
ellas, f. they
ello, (neuter) it
ellos, m. they; de —, of them
embarcar, to embark
embargo, sin —, nevertheless
embaucador, m. imposter
embeleco, fraud
embelesado, charmed
embozado, muffled
embuste, m. lie
embustero, liar, dissembler
emparentado, kin, related
emperador, emperor
empezar, to begin
empuñadura, hilt of a sword
en, in, on
enamoradizo, inclined to love
enamorado, (noun) lover; (adj.) enamored, love sick
enamoramiento, love-suit
enamorar, to captivate, to woo; — se, to fall in love

encantado, enchanted
encanto, enchantment
encarcelar, to imprison
encerrado, confined
encima, above
encontrar, to find, to meet
encuentro, meeting, encounter, finding
engañarse, to be deceived
engaño, deceit
enigmático, enigmatic(al), obscure
enmedio, middle
enojo, anger
enseñar, to teach
entender, to understand
enterar, to inform, to learn
entero, entire
entonces, then; de —, of that time
entrada, entrance
entrar, to enter
entre, between, among
entregar, to hand over
entretener, to entertain, to delay
entrometido, meddler, busybody
entusiasmado, enraptured
envainar, to sheathe
enviar, to send
envoltorio, bundle, pack
equivocarse, to mistake
errante, wandering
escapar, to escape
escarmiento, shame
escoger, to choose
escogido, chosen
esconder, to hide, to conceal
escondido, hidden
escribir, to write
escuchar, to listen, to hear

escudo, coin, coat of arms; — de oro, gold coin worth about $1.50
ese, m. that
esmero, careful attention
eso, (neuter) that
espada, sword
espantar, to frighten, to daunt
España, Spain
especialmente, especially
espera, waiting
esperar, to wait for, to expect, to hope
espiado, spied, seen
espléndido, splendid
esposa, wife
esposas, handcuffs, manacles
esposo, husband; pl. husband and wife
espuela, spur
esquivo, shy, reserved
esta, f. this
estado, state, condition
estallar, to burst, to break forth
estar, to be
este, m. this
éste, the latter
estimar, to esteem
esto, (neuter) this; en —, at this time
estrado, drawing-room, parlor
excepto, except
exclamar, to exclaim
expresamente, especially
extraño, strange, novel
extraordinario, extraordinary
extravagante, extravagant, odd
extremadamente, extremely well
extremo, extreme; en —, extremely

F

fácil, easy
faltar, to lack
fama, fame; es —, is reputed
familia, family
famoso, famous
fantástico, fantastic
faralá, m. flounce, frill
fardo, pack, bundle
fausto, happy, fortunate
favor, m. favor
favorecido, favored
fe, f. faith; a —, truly; dar —, to give testimony
fechoría, misdeed
felicidad, f. happiness
feliz, happy
feo, ugly
fiesta, festival
fijamente, fixedly, steadfastly
fijar, to notice, to fix one's attention on
filigrana, filigree
filo, dividing line; — de la media noche, exactly at midnight
fin, m. end; al —, in the last analysis, at last; por —, finally
fineza, finesse, zeal
firmeza, constancy, firmness
Flandes, Flanders
flor, f. flower
formar, to form
fortuna, fortune
fraile, m. friar
frente, f. forehead
fresco, cool, cold
frito, fried
fruta, fruit
fuego, fire, bonfire, fire-works

fuente, f. spring, fountain
fuera, outside, away from
fuerte, strong
fuertemente, strongly
fuerza, force
furia, an infuriated person
furioso, furious

G

galán, m. gallant
galantería, gallantry
galera, galley
galón, m. braid
galope, m. gallop
gallardía, gallantry
gallardo, elegant, graceful
gallina, hen
gana, inclination; de buena — gladly
ganado, cattle
ganancia, gain, profit
ganar, to win, to gain, to make
garbo, gracefulness
gastar, to spend, to waste
generosidad, f. generosity
Génova, Genoa
gente, f. people
gentil, genteel, excellent
gitana, f. gypsy
gitaneria, company of gypsies
gitanilla, f. little gypsy
gitanismo, gypsy life
gitano, m. gypsy
gloria, glory
golosina, delicacy, sweetmeat
golpe, m. blow
gorrero, cap-maker
gozar, to enjoy

gozo, joy; couplets, with a chorus, in praise of the Virgin
gozoso, happy, joyous
gracejo, cheerful and witty way of speaking
gracia, grace, attraction, charm, wit
graciosamente, graciously
grado, pleasure, will
gran, great
grande, large, big, great
grandísimo, very great
grave, serious
grillos, fetters, shackles
gritar, to shout
grito, cry, shout
grueso, heavy
grupo, group
guardar, to keep, to guard
guardia, m. guard
guerra, war
guiar, to guide, to direct
guitarra, guitar
gustar (de), to like, to enjoy, to please
gusto, pleasure

H

haber, to have, to be
habilidad, f. skill
habilidoso, accomplished
habitación, f. room
habitar, to live, to inhabit
hábito, habit, garb, order
habla, (noun) speech
hablar, to talk
hablar, (noun) speech, talking
hacer, to make, to do

hacia, toward, to
hacienda, estate, fortune
hada, fairy
halago, flattery, adulation
hallar, to find, to be
hallazgo, recovery, act of finding
hasta, until, to, even
hay, there is, there are
hazaña, deed
heredero, heir
herida, wound
herido, (noun) wounded one; (adj.) wounded
herir, to strike, to wound
hermano, brother
hermoso, beautiful, handsome
hermosura, beauty
hierro, iron
hija, daughter
hijo, son; pl. children
historia, story, history
hombre, man
hombro, shoulder
homicida, murderer; (adj.) homicidal, murderous
hondo, deep
honestidad, modesty
honesto, modest, virtuous, honest
honores, m. honors, dignity, rank
honrado, honorable
hora, hour, time
horca, gallows
horrible, horrible
hosco, sullen, gloomy
hoy, today
huir, to flee
humilde, humble
humildemente, humbly

I

ignominia, ignominy, disgrace
igual, equal
igualar, to equal
ilustre, illustrious, famous
imagen, f. image
imaginación, f. imagination, imagining, fancy
imaginar, to imagine
impaciente, impatient
impedir, to impede, to prevent
imperio, empire
implorar, to implore
importar, to matter
imposible, impossible
improperio, contemptuous reproach
inclemencia, inclemency
inclinado, inclined, disposed
inclinar, to influence, to incline
Indias, Indies, America
indicado, indicated
indicar, to indicate, to show
indudable, indubitable, certain
infestar, to infest
ingenio, talent
injusto, unjust
inocencia, innocence
inocente, m. innocent
inquieto, restless
instante, m. instant
instar, to urge
instintivo, instinctive
insultar, to insult
insulto, insult
intención, f. intention
intentar, to try, to attempt
intento, intention
interesar, to interest

interrumpir, to interrupt
inútil, useless
inútilmente, uselessly
inventar, to invent
invierno, winter
ir, to go
irse, to go away, to leave
izquierdo, left

J

jamás, ever
jefe, m. chief
joven, (noun) m. or f. youth; (adj.) young
joya, jewel, gem
Juan, John
Juana, Jane
Juanico, Johnny
jugar, to play (a game)
junto, together
jurar, to swear, to vow
justicia, justice, police
juzgar, to try (by court)

L

la, (f. sing. article) the; (direct obj. pr. sing.) her, you, it
labio, lip
lado, side
ladrar, (verb) to bark; (noun) barking
ladrón, m. thief, robber
lágrima, tear
lamento, lament
lanzar, to rush forth
largo, long; (adv.) liberally
las, (f. pl. article) the; (dir. obj. pr. pl.) them, you
lavar, to wash, to clear

le, (direct obj. pr.) him, you, it
le, (indirect obj. pr.) to him, to her, to you
lealtad, f. loyalty
lección, f. lesson
lecho, bed
leer, to read
lejos, far
leña, fire-wood
les, (pl. indirect obj. pr.) to them, to you
letrado, lawyer
levantar, to raise, to lift; — el rancho, to break camp
ley, f. law
libertad, f. liberty
libre, free
licencia, license
ligereza, nimbleness, quickness
ligerísimo, very quick, light, nimble
ligero, light, rapid, quick
limosna, alms
limosnita, little alms
limpiar, to clean
limpio, clean, neat
linaje, m. lineage, rank
lindo, beautiful
lío, bundle, pack
lisonjero, pleasing, flattering
lo, (m. direct. obj. pr.) it, you, him
lo, (neuter article) the
loco, crazy
lograr, to succeed in
lo que, what
los, (m. pl. article) the
lugar, m. place, village
lugarcillo, village, hamlet
lujo, luxury

lujoso, luxurious
luminarias, fireworks, festival lights
luna, moon
lunarcito, little mole
luz, f. light

Ll

llamado, called, named
llamar, to call, to name
llanto, weeping
llegada, arrival
llegar, to arrive, to draw near
llenar, to fill; — se, to be filled
llevar, to carry, to wear
llorar, to weep
llover, to rain
lluvia, rain

M

madre, mother
Madrid, capital of Spain
mágico, magic
magnificencia, magnificence
magnífico, magnificent
magullar, to bruise
maitines, m. matins
mal, bad, evil
malo, bad, evil
mancebo, young man
mandar, to command, to send
manera, manner
manía, mania
mano, f. hand
mantener, to maintain, to keep
maña, skill
mañana, morning, tomorrow; de buena —, early in the morning
mañanita, muy de —, very early in the morning

maravilla, marvel, wonder

maravillar(se), to marvel, to astound

marcha, march

marchar, to go, to walk, to march

marfil, m. ivory

marido, husband

marqués, m. marquis

martillo, hammer

martirio, torture, grief

mas, but

más, more, most

mascar, to chew

matar, to kill

mayor, greater, greatest, larger, largest

medianamente, moderately

medida, a — que, according as, in proportion to

medio, half, mid

medio día, m. noon

meditar, to meditate

mejor, better, best

melindre, m. fastidiousness, affectation

memoria, memory

menjurje, m. medicinal mixture

menos, less, fewer; por — de, help

mentir, to lie, to falsify

mentira, lie, falsehood

mentiroso, lying, deceitful

menudo, small; a —, often

merced, vuestra —, or su —, your honor, you

merecer, to merit, to deserve

mérito, merit, worth, good deed

merodeo, pillaging

mes, m. month

mesón, m. inn

metido, inclosed, inserted

mi, my

mí, (prep. obj. pr.) me

miedo, fear

mientras, while

mil, m. thousand

milagro, miracle

minuciosamente, minutely

mío, my, mine

mirada, look, glance

miramiento, consideration

mirar, to look at

mirón, m. spectator

miserable, miserable

misericordia, mercy

mismo, same, self

misterio, mystery

mocica, young maiden

modo, manner, way

modoso, well-behaved

molinero, miller

mollera, crown or top of head

momento, moment

monasterio, monastery

moneda, money, coin

montado, mounted

montaña, mountain

montar, to mount

monte, m. mountain

mordido, (noun) bitten one

morir, to die

moro, Moor

mostrar, to show

motivo, motive

mover, to move

mozo, youth; (adj.) young

muchacha, girl

mucho, much, a great deal

muerto, dead

mujer, woman, wife
mulo-a, mule
mundo, world
Murcia, a city in Spain
muy, very

N

nacido, born
nacimiento, birth
nada, nothing
nadar, to swim
nariz, f. nose; pl. narices, nostrils, nose
nata, cream
necesario, necessary
negar, to deny
ni, nor; ni — ni, neither — nor
nieta, granddaughter
nieve, f. snow
ningún, no, none, any
ninguno, no one, none
niña, little girl; — del ojo, pupil of the eye
niño, little boy
no, no, not
noble, noble
nobleza, nobility
noche, f. night
nombrar, to name
nombre, m. name
nos, us, to us
nosotros, we
notar, to notice
notificar, to notify
noventa, ninety
nuestro, our
nueva, (noun) news
nuevo, new; de —, again
nunca, never

O

o, or
obedecer, to obey
obligar, to force, to obligate
obscuro, obscure, dark
obsequiar, to present gifts
observar, to observe
obstinarse, to be obstinate
ocasión, f. occasion
ocultar, to hide, to conceal
oculto, hidden
ocurrir, to occur
ochavo, small copper coin worth about one-half cent
ocho, eight
oferta, offer
ofrecer, to offer
oído, ear
oir, to hear
ojo, eye
olivar, m. olive-grove
olvidar, to forget
oponer(se), to oppose
oprimir, to oppress, to crush
ornato, ornament
oro, gold
os, (fam. pl. direct and indirect obj. pr.) you, to you
otro, other, another

P

padre, father; pl. parents
pagar, to pay
paja, straw
paje, m. page, valet
palabra, word
palabrita, little word
palacio, palace

palidecer, to turn pale
pan, m. bread
panderete, m. small tambourine
paño, cloth
papel, m. paper
par, equal, pair; sin —, peerless
para, for, in order to, to
paraje, m. place
parar(se), to stop
parecer, to resemble, to seem, to appear
parecido, alike
pariente, m. kinsman
parte, f. place, part
partícipe, m. and f. participant, partner
partir, to leave, to depart
pasado, past, passed
pasar, to pass, to go
paso, pace, step
patrón, m. patron, protector
pecado, sin
pecho, bosom, breast, chest
pedazo, piece
pedir, to ask for, to beg
peinecillo, little comb
pelear, to fight
peligro, danger
pelo, hair
pelota, ball, hand-ball
pellejo, skin
pena, grief, anxiety, penalty, punishment
pendencia, fight, struggle
pendiente, m. ear-ring, pendant
pensamiento, thought
pensar, to think, to intend
peor, worse, worst
perder, to lose

pérdida, loss
perdidamente, completely
perdón, m. pardon
perdonar, to pardon
perfectamente, perfectly
perifollos, ribbons, tawdry ornaments of dress
perla, pearl
permanecer, to remain
permitir, to permit
pero, but
perro, dog
persecución, f. persecution
persona, person
pertenecer, to belong
pesar, to worry, to grieve, to weigh
pesar, a — de, in spite of
pesaroso, sorrowful, sad
peso, weight
peste, f. pest, plague
petate, m. luggage, baggage
pez, m. fish
picar, to prick
pie, m. foot
piedra, stone
pienso, ni por —, not even by a thought
pierna, leg
pieza, buena —, fine fellow (ironical)
placer, to please
plan, m. plan
plata, silver
plática, chat
platillo, cymbal, saucer
pluma, plume, feather, pen
poblado, town
pobre, poor

poco, little; pl. few
poder, can, to be able
poderoso, powerful
poeta, m. poet
pompa, pomp
poner, to put, to place, to wear
poquito, very little
por, by, through, for
porque, because
¿Por qué?, Why?
Portugal, Portugal
posible, possible
postura, posture, attitude
preceder, to precede
preciado, valued, esteemed
precio, price, reward, esteem
Preciosa, f. (proper name) precious (one)
Preciosilla, little or dear Preciosa
precioso, precious
preciso, necessary
preferente, preferable, preeminent
preferir, to prefer
pregonar, to proclaim
pregunta, question
preguntar, to ask
premio, reward, prize
premura, urgency, haste
prenda, person dearly loved, jewel, spoils
prendado, captivated
prendarse, take a fancy to
prender, to seize, to arrest
preocupado, preoccupied
preocuparse, to occupy oneself
preparar, to prepare
presa, prize, capture
presentar, to present, to introduce
presente, present

preso, imprisoned, captured; (noun) prisoner
presteza, quickness, speed
presuntuoso, presumptuous, conceited
pretendiente, m. suitor
primerito, very first
primero, first
primitivo, primitive
primoroso, elegant, exquisite
principal, principal
príncipe, m. prince
principio, beginning
prisa, hurry; de —, or con —, hurriedly
probar, to test, to prove
procurar, to attempt
promesa, promise
prometedor, promiser
prometer, to betroth, to promise
prometido, betrothed, promised
pronto, (adv.) soon, immediately; (adj.) disposed
propio, own
proponer, to propose
próspero, prosperous
protegido, protected
provecho, profit
providencia, providence
provisto, provided
provocado, provoked
próximo, next
proyecto, project, plan
prueba, test, proof
pueblo, people, town
puerta, door
puerto, port, haven
pues, since, then, for
puesto, put, placed

puesto, llevar —, to wear
pulido, polished, genteel
punto, point, place; de —, at once
puñado, handful
puro, pure

Q

que, that, than, for, who
¿Que?, What?
quedar, to be; — se, to remain
querer, to wish; — a, to love
querido, loved, beloved, wished
quien, who; a —, whom
quince, fifteen
quinientos, five hundred
quitarse, to take off, to remove
quizás, perhaps

R

rama, bough
rancho, camp
rareza, rarity
raro, rare
rato, while, time
raya, line
razón, reason, explanation; con —, rightly
real, royal
realzar, to heighten
reaparecer, to reappear
recaer, to fall back
recelo, misgivings
receloso, distrustful, suspicious
recibir, to receive
recobrar, to recover
recogerse, to take shelter
reconocer, to recognize, to scrutinize
recordar, to remember, to cause to remember

recuerdo, memory
recurrir, to resort to
referir, to refer
regalar, to give, to present, to regale
regalo, gift
registrar, to search
regocijo, rejoicing
rehusar, to refuse
reina, queen
reir, to laugh
relámpago, lightning flash
relato, story
relucir, to shine, to glitter
remojo, soaking
rendido, conquered
repartir, to divide, to distribute
repentino, sudden
repiquetear, to shake, to chime, to ring
replicar, to reply
reponer, to answer
repugnancia, repugnance
requisito, requisite
resistir, to resist, to bear
respetable, respectable, worthy
respetado, respected
respirar, to breathe
responder, to reply
respuesta, reply
resuelto, resolved, determined
resultar, to happen
retrato, portrait, picture
reunido, gathered, assembled
reunir, to gather, to assemble
revuelta, revolution, gyration
rey, m. king
ricamente, richly
rico, rich

riconcito, cozy corner
rigor, de —, necessary
río, river
riquezas, wealth
risa, laugh
robar, to rob
rodeado, surrounded
rogar, to plead, to beg
rojo, red
romance, m. ballad
romancero, ballad singer
Romancero General, a famous collection of Spanish ballads
romero, rosemary
romper, to break
rondar, to hover about
ropa, clothes, clothing
ropilla, (dimunitive of ropa) fine or little clothes
rostro, face
ruboroso, bashful(ly)
rudeza, roughness
ruego, pleading, request
rumbo, con — a, for, with the destination of
rumboso, liberal

S

saber, to know (how)
sabroso, delightful
sacar, to draw out
sacerdote, m. priest
sacrificio, sacrifice
sagrado, sacred
Salamanca, a city in Spain and site of a famous university
saleroso, witty
salir, to leave, to go out
calón, m. drawing-room, parlor

saltar, to jump
salteador, m. — de caminos, highwayman
salvar, to save
santo, saint; (adj.) holy
satisfacción, f. satisfaction
satisfecho, satisfied, happy
se, word used to form passive voice: venden, they sell; se venden, they are sold
se, reflexive pronoun, third person
se, indirect object, third person
secretamente, secretly
secreto, secret
seda, silk
seguida, en —, immediately
seguidilla, Spanish dance and tune
seguir, to follow, to continue
según, according to
segundo, second
seguramente, surely
seguridad, f. security
seguro, sure
selva, forest
semana, week
sembrado, sown ground
sencillez, f. simplicity
sentar, to seat
sentido, sense, consciousness
sentir, to feel
señal, f. sign, signal
señalar, to point out
señas. address
señor, sir, Mr., gentleman
Señor, Lord
señora, madam, lady
señoría, lordship
separar, to separate
ser, to be, being

servir, to serve, to work
Sevilla, Seville, a city in Spain
si, if
sí, yes, indeed; (ref. pr.) himself,
 herself, etc.
siempre, always
siete, seven
siglo, century
siguiente, following
singular, singular, unusual
sino, but, except
siquiera, even
sitio, place
sobre, over, on, upon
sobresaltar, to overwhelm
sobresalto, surprise, sudden dread
socorro, help
sol, m. sun
soldado, soldier
soler, to use to, to be accustomed
solo, only, alone
sólo, only
soltar, to emit, to give vent to
sombrero, hat
sometido, submitted
son, m. sound
sonaja, tambourine
sonar, to noise about, to sound,
 to ring
sonetico, little sonnet
soneto, sonnet
sonreir, to smile
soñar, to dream
soplar, to blow
soportar, to support, to endure
sorprender, to surprise
sorprendido, surprised
sosegar, to quiet, to rest, to calm
sospechar, to suspect

sostener, to sustain, to hold up
soto, grove, thicket
su, (possessive adj.) his, her, its,
 your, their
subir, to go up
suceder, to happen
suceso, happening
suelo, ground, floor
sueño, dream
sufrir, to suffer
sujetar, to subject, to bind
suntuoso, sumptuous, gorgeous
súplica, supplication, pleading
suplicante, supplicating
suplicar, to entreat, to supplicate
suplicio, execution
suspender, to suspend
suspenso, in suspense
suspirar, to sigh
suspiro, sigh
susto, fright; pasar —, to be
 frightened
suyo, (possessive adj. and pr.) his,
 her, its, your, their

T

tal, such; con — que, provided
 that
talle, m. figure, shape
también, also
tamboril, m. timbrel, tabour
tampoco, neither
tan, so, as
tantico, somewhat
tanto, so much; en —, meanwhile;
 un —, rather
tañer, to play (a musical instru-
 ment)
tardar, to delay

tarde, (adj.) late; (noun) after-
noon f.
te, (direct. and indirect obj. pr.,
second person fam. sing.) you,
thee, to you, to thee
techo, roof, ceiling
temer, to fear
temeroso, fearful
temor, m. fear
tenazas, pliers, tongs
tener, to have
terciopelo, velvet
terminado, ended
término, end, termination, period,
term
terreno, ground
tesoro, treasure
testigo, witness
testimonio, testimony
ti, (fam. sing. prep. obj. pr.);
para —, for you, for thee
tiempo, time
tienda, tent, store
tiernamente, tenderly
tierno, tender
tierra, land, ground, earth
tinaja, earthen barrel
tirar, to throw
tocar, to play (a musical instru-
ment)
todavía, still, yet
todito, all, every bit
todo, all
todos, all
toldo, hut
Toledo, a city in Spain
tomar, to take
tonto, foolish
topar, to meet with, to run across

tornar, to return
toro, bull, bull-fight
trabajo, work
trabar, to bind
traer, to bring
traje, m. suit, dress
tramado, plotted, hatched
trampa, trap, trick, snare
tramposo, swindler
trance, m. a todo —, resolutely,
by all means
tranquilizar, to calm, to quiet
tranquilo, tranquil, quiet
transcurrir, to pass away
trapecero, trickster
tras, behind
trasladar, to move, to transfer
tratar, to treat, to deal with, to
refer to
traza, looks, aspect
tremendo, tremendous
trenzar, to weave
tres, three
triste, sad
tristeza, sadness
triunfo, triumph
tropa, troop
trueno, thunder
tu, your, thy
tú, (fam. sing. pr.) you, thou
tunante, m. rascal, rogue
turbar(se), to be alarmed
tuyo, your, thy, thine

U

último, last
un, a, one
una, f. a, one
único, only

unir, to join, to unite
uno, one
unos, some
urgir, to be urgent
usar, to use, to practise
uso, use, custom

V

vaina, sheath
valer, to be worth
valeroso, valiant, brave
valiente, brave
valioso, very valuable, rich
valor, m. value
valle, m. vale, valley
vallecito, little valley
vano, vain
vecino, neighbor
veinte, twenty
vendar, to bandage
vengador, m. avenger
venganza, vengeance, revenge
vengarse, to avenge oneself
venir, to come
venta, inn
ventana, widow
ver, to see
verano, summer
verdad, (adj.) true; (noun) f. truth
verdaderamente, truly
verdadero, true, real, truthful
verde, green
verso, verse
vestido, dressed
vestir(se), to dress

vez, f. time; en — de, instead of; cada —, all the while; a la —, at the same time
viaje, m. trip, journey
vida, life
viejo, old; (noun) old man, vieja, old woman
viernes, m. Friday
villa, city, town, village
viña, vineyard
víspera, eve
vista, sight
viuda, widow
vivamente, vividly
vivir, to live
vivo, (adj.) living, live
volar, to fly
voluntad, f. will
volver, to return, to turn
volverse, to become
vos, (pl. pr.) you, ye
voz, f. voice; dar voces, to cry out; pl. shouts
vuelo, flight; levantar el —, to break camp
vuelta, movement, turn, return, lashing
vuestro, your

Y

y, and
ya, already, now
yo, I

Z

zambra, merrymaking, festival
zeñor, señor, sir, Mr.